John Cheever
Falconer

emecé

John Cheever
Falconer

Epílogo de Rodrigo Fresán
Traducción de Alberto Coscarelli

emecé

Título original: Falconer

© John Cheever, 1975, 1977
© por la traducción, Alberto Coscarelli, 2005
Emecé Editores, España, 2005
© Editorial Planeta, S. A., 2005
  Diagonal, 662-664, 08034 Barcelona (España)
Primera edición: septiembre de 2005
Depósito Legal: B. 32.551-2005
ISBN 84-08-06255-7 (rústica)
ISBN 84-95908-97-2 (tapa dura)
ISBN 0-679-73786-3 editor Vintage International, una división de Random
House Inc., Nueva York, edición original
Composición: Fotocomp/4, S. A.
Impresión: Hurope, S. L.
Encuadernación: Eurobinder, S. A.
Printed in Spain - Impreso en España

Para
Federico Cheever

La entrada principal de Falconer —la única para los presos, los visitantes y el personal— estaba coronada por un escudo que representaba la Libertad, la Justicia y, entre las dos, el poder soberano del gobierno. La Libertad llevaba un gorro frigio y empuñaba una pica. El gobierno era el águila federal, con una rama de olivo y armada con las flechas. La Justicia era convencional: ciega, vagamente erótica con sus prendas ajustadas y empuñando la espada de un caudillo. El bajorrelieve era de bronce, pero ahora se veía negro; negro como la antracita o el ónice sin pulir. ¿Cuántos cientos de hombres habían pasado por debajo, el último emblema que la mayoría vería de los esfuerzos de la humanidad por interpretar el misterio del encarcelamiento en términos simbólicos? Centenares, quizá miles, mejor millones. Por encima del escudo se leía una lista de los diversos nombres del lugar: Cárcel de Falconer 1871, Reformatorio Falconer, Penitenciaría Federal Falconer, Prisión Estatal Falconer, Centro Correccional Falconer, y el último, que no había cuajado: Cárcel

Modelo. Ahora los presos eran los internos; los gilipollas, los funcionarios, y el alcaide, el superintendente. Dios, Falconer —con su capacidad limitada a dos mil desgraciados— era tan famosa como Newgate. Habían desaparecido la tortura del agua, los uniformes a rayas, las marchas en filas cerradas, las bolas y las cadenas, y ahora había un campo de *softball* donde había estado el patíbulo, pero en el momento del que escribo, todavía se usaban grilletes en Auburn. Sabías quiénes eran los de Auburn por el ruido que hacían.

Llevaron a Farragut (fratricida, condenado a diez años, N.° 734-508-32) a este viejo penal un día de finales del verano. No llevaba grilletes, pero iba esposado a otros nueve hombres, cuatro de ellos negros y todos más jóvenes que él. Las ventanillas del furgón estaban tan sucias y colocadas tan altas que no podía ver el color del cielo o las luces y las formas del mundo que abandonaba. Le habían dado cuarenta miligramos de metadona tres horas antes y, entontecido, quería ver la luz del día. Advirtió que el conductor se detenía en los semáforos, hacía sonar el claxon y frenaba en las pendientes pronunciadas; pero esto era todo lo que parecían compartir con el resto de la humanidad. Su insondable timidez parecía paralizar a la mayoría de los hombres, pero no al que iba esposado a su derecha. Era delgado, con el pelo brillante y el rostro horriblemente desfigurado por los furúnculos y el acné. «Me han dicho que tienen un equipo de béisbol y si puedo jugar ya estará bien. Mientras pueda lanzar la bola me mantendré vivo —dijo—. Si me dejan jugar tendré bastante. Pero nunca sé los puntos que marco. Así lanzo yo. Hace dos años lancé una bola imparable para North Edmonston y no lo supe hasta que dejé atrás el montículo y oí que todos gritaban. Tampoco he conseguido nunca echar un polvo gratis, ni una sola vez. He pagado desde cincuenta centavos hasta cincuenta dólares, pero ni una sola vez me he follado a una tía gratis. Supongo que es como no saber el punto que marcas. Ninguna se lo quiso hacer conmigo por gusto. Conozco a cientos de hombres, que no son guapos, como yo, y que follan gratis todas las veces; pero yo nunca lo conseguí, ni una sola vez. Me hubiese gustado hacerlo gratis, al menos una vez.»

El furgón se detuvo. El hombre a la izquierda de Farragut era alto, y al saltar del furgón al patio, hizo que Farragut cayera de rodillas. Vio el escudo por primera y, creyó, última vez. Moriría allí. Entonces vio el cielo azul y cifró su identidad en él y en las frases de las cuatro cartas que había comenzado a escribirle a su esposa, a su abogado, a su gobernador y a su obispo. Un puñado de personas los observaron pasar a paso rápido a través del patio. Entonces oyó claramente una voz que decía: «¡Pero qué majos que son!» Sería algún inocente, algún despistado, y Farragut oyó que el hombre de uniforme respondía: «Dale la espalda a cualquiera de ellos y te clavará un punzón.» Pero el despistado tenía razón. El azul en el espacio entre el furgón y la cárcel era el primer trozo de azul que algunos de ellos habían visto en meses. ¡Qué extraordinario era, y qué puros parecían todos! Nunca más volverían a tener tan buen aspecto. La luz del cielo, que alumbraba sus rostros condenados, mostraba una gran determinación e inocencia. «Asesinan —continuó el guardia—, violan, meten a bebés en hornos, estrangulan a sus madres por un trozo de chicle.» Luego se despreocupó del despistado, miró a los presos y comenzó a cantar: «Vais a ser buenos chicos, vais a ser buenos chicos, vais a ser buenos, buenos chicos...» Su canto sonaba como el silbato de un tren, el aullido de un sabueso, una canción o un llanto solitario en mitad de la noche.

Se empujaron los unos a los otros por unas escaleras hasta una habitación roñosa. Falconer era un lugar roñoso, y la mugre del lugar —todo lo que uno veía, tocaba y olía se veía afectado por el abandono— transmitía la fugaz impresión de que éste debía de ser el ocaso y la muerte de la penitencia forzosa, aunque había un pabellón de los condenados a muerte al norte. Habían pintado los barrotes de blanco hacía muchos años, pero el esmalte había desaparecido y se veía el hierro a la altura del pecho, donde los hombres se habían cogido a ellos instintivamente. En otra habitación, el guardia que los había llamado buenos chicos le quitó las esposas y Farragut compartió con los demás el profundo placer de ser capaz de mover los brazos y los hombros libremente. Todos se masajearon las muñecas con las manos.

—¿Qué dice tu reloj? —preguntó el hombre de los granos.

—Las diez y cuarto —contestó Farragut.

—Me refiero al día del año —replicó el hombre—. Tienes uno de esos relojes con calendario. Déjame que lo vea, déjame que lo vea.

Farragut se desabrochó la correa de su valioso reloj, se lo pasó al desconocido y éste se lo metió en el bolsillo.

—Me ha robado mi reloj —le dijo Farragut al guardia—. Acaba de robarme el reloj.

—Vaya, ¿eso ha hecho?, ¿de verdad te ha robado el reloj? —preguntó el guardia. Luego se volvió hacia el ladrón y le preguntó—: ¿Cuánto has tenido de vacaciones?

—Noventa y tres días —contestó el ladrón.

—¿Es lo más que has estado fuera?

—La penúltima vez estuve un año y medio —respondió el ladrón.

—¿Es que nunca dejarán de asombrarme? —exclamó el guardia.

Pero todo esto, todo lo que había para ver y oír se desperdiciaba con Farragut, ya que él no sentía otra cosa que parálisis y terror.

Los hicieron subir a un camión destartalado con bancos de madera y los condujeron por una carretera que había dentro del recinto. En una curva, Farragut vio a un hombre con el uniforme gris de la cárcel que echaba migas a una docena de palomas. La imagen fue para él de una realidad extraordinaria, una promesa de cordura. El hombre era un convicto y él, el pan y las palomas eran de lo más indeseable; pero por razones desconocidas para Farragut la imagen del hombre que compartía las migas con las palomas tenía la resonancia de algo muy antiguo. Se levantó en el camión para contemplarlo el máximo tiempo posible. También se sintió conmovido cuando, en el edificio donde entraron, vio, muy alto, en una tubería en el techo, una sucia guirnalda de Navidad plateada. Aquella ironía era de lo más tonto pero parecía, como el hombre que alimentaba a las palomas, representar una pizca de razón. Pasaron por debajo de la guirnalda a una habitación amueblada con pupitres con las patas rotas, con el barniz desconchado, con las superficies marcadas con iniciales y obscenidades y que parecían, como todo lo demás en Falconer, haber sido recogidos de algún vertedero municipal. La primera de las cribas era un test psicológico que Farragut ya había respondido en las tres clínicas de desintoxicación donde había estado confinado. «¿Tiene miedo de los gérmenes de los pomos de las puertas?», leyó; «¿le gustaría cazar tigres en la selva?». La ironía de esto era mucho menos penetrante y conmovedora que la del hombre que alimentaba a las palomas y el vínculo plateado con la Navidad colgado de una tubería. Les llevó medio día responder a las quinientas preguntas y después los llevaron al comedor para que comieran.

Era mucho más viejo y grande que el que había visto en el centro de detención de preventivos. Vigas dobles cruzaban el techo. En una jarra de hojalata en el alféizar de una de las ventanas había unas flores de papel cuyos colores, en aquel lugar sombrío, parecían resplandecer. Comió una comida rancia con una cuchara de estaño y echó el plato y la cuchara en el agua sucia. El silencio estaba impuesto por la administración, pero habían sido ellos mismos los que habían impuesto una segregación que ponía a los negros en el norte, a los blancos en el sur, y en el medio a los hombres que hablaban español. Después de comer pasó por la evaluación de sus características físicas, religiosas y profesionales, y luego, tras una larga espera, lo llevaron a una habitación donde tres hombres vestidos con trajes baratos estaban sentados detrás de una mesa ruinosa. A cada extremo había banderas enfundadas. A la izquierda había una ventana, a través de la cual se veía el cielo azul, bajo cuya luz supuso que el hombre quizá continuaba alimentando a las palomas. Habían comenzado a dolerle la cabeza, el cuello y los hombros, y estaba muy encorvado cuando llegó delante de ese tribunal; se sintió un hombre muy pequeño, un enano, alguien que nunca había experimentado, saboreado o imaginado la grandeza de la arrogancia.

—Usted es profesor —dijo el hombre de la izquierda, que parecía ser el portavoz de los tres. Farragut no levantó la cabeza para verle el rostro—. Es profesor y su vocación es la educación de los jóvenes, de todos aquellos que desean aprender. Aprendemos por la experiencia, y como profesor, distinguido por las responsabilidades del liderazgo intelectual y moral, cometió el espantoso crimen del fratricidio mientras estaba sometido a la influencia de drogas peligrosas. ¿No le da vergüenza?

—Quiero estar seguro de que recibiré mi metadona —replicó Farragut.

—¡Oh, es que no le queda ni rastro de vergüenza! —exclamó el hombre—. Estamos aquí para ayudar. Estamos aquí para ayudar. Hasta que no demuestre su arrepentimiento no tendrá un lugar en el mundo civil.

Farragut no respondió.

—El siguiente —ordenó el hombre, y a Farragut lo hicieron salir por una puerta en el fondo.

—Me llamo Pequeñín —dijo el hombre que estaba allí—. Muévete. No tengo todo el día.

La envergadura de Pequeñín era impresionante. No era alto, pero su corpulencia era tan antinatural que seguramente tendrían que hacerle la ropa a medida, y a pesar de lo que había dicho de la prisa, caminaba muy lentamente, estorbado por el volumen de sus muslos. Llevaba el pelo gris cortado a cepillo y se le veía el cuero cabelludo.

—Estás en la galería F —le informó—. La F es de follados, fantasmas, fuleros, flamencos, feladores, fumetas, fetos, fardos como yo, fornicadores, fanfas, fajadores, farloperos, fudres y falsificadores. Hay más, pero lo olvidé. El tipo que hizo la lista está muerto.

Subieron por un túnel en pendiente donde había grupos de hombres que hablaban como hombres en la calle.

—Me parece que sólo estarás un tiempo en la F —añadió Pequeñín—. Con esa manera tan graciosa que tienes de hablar, te pondrán en la A, donde tienen al vicegobernador, al secretario de comercio y a todos los millonarios.

Pequeñín dobló a la derecha y él lo siguió a través de una puerta abierta a la galería. Como todo lo demás, era sucia, cochambrosa y maloliente, pero su celda tenía una ventana y él se acercó y vio algo de cielo, dos tanques de agua muy altos, el muro, más galerías y un rincón del patio donde había caído de rodillas. Su llegada a la galería apenas si fue tomada en cuenta. Mientras se hacía la cama, alguien preguntó:

—¿Eres rico?

—No —respondió Farragut.

—¿Estás limpio?

—No —respondió Farragut.

—¿La chupas?

—No —respondió Farragut.

—¿Eres inocente?

Farragut no respondió. Alguien al final de la galería comenzó a cantar acompañado por una guitarra con una monótona voz sureña: «Tengo la pena del inocente / qué triste me siento todo el día…» Apenas si se le oía por encima del ruido de las radios que, con las voces, las canciones y la música, sonaba como cualquier calle a la hora que cierran las tiendas o más tarde.

Nadie habló con Farragut hasta que, momentos antes de que apagaran las luces, el hombre que por la voz identificó como el cantante apareció en su puerta. Era delgado, viejo y tenía una voz débil y desagradable.

—Soy el Pollo Número Dos —dijo—. No busques al Pollo Número Uno. Está muerto. Es probable que hayas leído sobre mí en los papeles. Soy el famoso hombre tatuado, el empleado con los dedos largos que se gastó su fortuna en arte corporal. Algún día te enseñaré mis fotos cuando te conozca mejor. —Hizo una mueca—. Pero lo que he venido a decirte es que todo es un error, un terrible error, me refiero a que estés aquí. No lo descubrirán mañana, tardarán una o dos semanas en descubrir el error que han cometido, pero cuando lo descubran lo lamentarán tanto, se sentirán tan avergonzados, se sentirán tan culpables que el gobernador te besará el culo en la Quinta Avenida durante el desfile de Navidad. Oh, sí que lo lamentarán. Porque verás, cada viaje que hacemos, incluso para los panolis, tiene algo bueno al final, como un cofre del tesoro, una fuente de la juventud, un río que nadie había visto antes o al menos un enorme solomillo con una patata asada. Tiene que haber algo bueno al final de cada viaje y por eso quiero que sepas que todo es un terrible error. Durante el tiempo que estés esperando a que descubran su gran error tendrás tus visitas. Sí, sé, sólo por la manera en que estás sentado, que tienes miles de amigos, amantes y una esposa, por supuesto. Tu esposa vendrá a visitarte. No podrá divorciarse a menos que le firmes los documentos y tendrá que traerlos aquí personalmente. Así que lo que quería decirte ya lo sabes: todo es un gran error, un terrible error.

La primera visita que recibió Farragut fue la de su esposa. Estaba rastrillando las hojas en el patio cuando por los altavoces anunciaron que 734-508-32 tenía una visita. Avanzó por el camino hasta más allá del cuartel de bomberos y entró en el túnel. Había que subir cuatro pisos hasta la galería F.

—Visita —le dijo a Walton, que lo dejó entrar en la celda.

Tenía una camisa blanca preparada para la ocasión. Estaba polvorienta. Se lavó la cara y se peinó con agua.

—No lleves nada más que un pañuelo —le advirtió el guardia.

—Lo sé, lo sé, lo sé…

Una vez abajo fue hasta la puerta de la sala de visitas, donde lo cachearon. A través del cristal vio que la visita era Marcia.

No había barrotes en la sala de visitas, pero los cristales

de las ventanas estaban protegidos con tela metálica y sólo había una abertura por arriba. Ni un gato esquelético hubiese podido pasar, pero los sonidos de la cárcel entraban libremente con la brisa. Sabía que ella había pasado por tres puertas de barrotes —clang, clang, clang— y había esperado en una antesala donde había bancos, máquinas expendedoras de gaseosas y una exhibición de las obras artísticas de los convictos con las etiquetas de los precios pegadas a los marcos. Ninguno de los presos sabía pintar, pero siempre podías contar con que algún descerebrado comprara un jarrón de rosas o una puesta de sol si le decían que al artista le había caído la perpetua. No había cuadros en las paredes de la sala de visitas pero sí cuatro carteles, que decían: PROHIBIDO FUMAR. PROHIBIDO ESCRIBIR. PROHIBIDO INTERCAMBIAR OBJETOS. A LAS VISITAS SÓLO SE LES PERMITE UN BESO. También los había escritos en español. El cartel de PROHIBIDO FUMAR lo habían tachado. Le habían dicho que la sala de visitas de Falconer era la más permisiva del este. No había obstrucciones; nada, excepto un mostrador de noventa centímetros de ancho entre los libres y los presos. Mientras lo cacheaban, echó una ojeada a las otras visitas; no tanto por curiosidad sino para saber si había algo que pudiera ofender a Marcia. Un preso sostenía en brazos a un bebé. Una anciana llorosa hablaba con un muchacho. Cerca de Marcia había una pareja de chicanos. La mujer era hermosa y el hombre le acariciaba los brazos desnudos.

Farragut entró en esa tierra de nadie y lo hizo forzado, como si las circunstancias lo hubiesen catapultado allí.

—Hola, cariño —exclamó como había exclamado «Hola, cariño» en los trenes, los barcos, los aeropuertos, en la entrada de casa, al final del viaje; pero en el pasado él hubiese organizado un horario, con el objetivo de conseguir lo antes posible la consumación sexual.

—Hola —respondió ella—. Tienes buen aspecto.

—Gracias. Tú estás preciosa.

—No te avisé de que vendría porque no me pareció necesario. Cuando llamé para concertar una cita me dijeron que no irías a ninguna parte.

—Es verdad.

—No he venido antes porque estaba en Jamaica, con Gussie.

—Genial. ¿Cómo está Gussie?

—Gorda. Está terriblemente gorda.

—¿Vas a pedir el divorcio?

—Ahora no. En este momento no me siento con ánimos para hablar con más abogados.

—Estás en tu derecho para pedir el divorcio.

—Lo sé. —Marcia miró a la pareja de chicanos. El hombre había llegado hasta el vello de las axilas de la muchacha. Ambos tenían los ojos cerrados—. ¿Qué temas tienes para hablar con estas personas? —preguntó ella.

—No los veo mucho, excepto a la hora de comer, y entonces no nos permiten hablar. Verás, estoy en la galería F. Es algo así como un lugar olvidado. Como Piranesi. El martes pasado se olvidaron de abrir las puertas para que fuéramos a cenar.

—¿Cómo es tu celda?

—Cuatro metros por dos. Las únicas cosas que me pertenecen son el grabado de Miró, el Descartes y una foto tuya con Peter. Es una foto vieja. La hice cuando teníamos la casa en Vineyard. ¿Cómo está Peter?

—Bien.

—¿Vendrá a verme alguna vez?

—No lo sé, la verdad es que no lo sé. No pregunta por ti. La asistente social cree que, por el bien de todos, por el momento no debe ver a su padre en la cárcel por asesinato.

—¿Podrías traerme una foto?

—Lo haría si tuviese alguna.

—¿No podrías hacerle una?

—Ya sabes que no se me dan bien las cámaras.

—De todos modos, muchas gracias por enviarme un reloj nuevo, cariño.

—No se merecen.

Alguien en la galería B comenzó a tocar un banjo de cinco cuerdas y cantó: «Canto el blues de la cárcel / Estoy triste todo el tiempo / Canto el blues de la cárcel / Entre muros que no puedo saltar...» Era bueno. La voz y el banjo sonaban altos y claros, y traían a aquel país fronterizo la constatación de que en toda aquella parte del mundo era una tarde de finales del verano. A través de la ventana vio la ropa interior y el traje de faena que alguien había colgado a secar. Se movían con la brisa como si ese movimiento —como los de las hormigas, las abejas y los gansos— tuviese una orientación polar. Por un momento se sintió como un hombre del mundo, un mundo hacia el que su sensibilidad era maravillosa y absurda. Marcia abrió el bolso y buscó algo.

—El ejército debió de ser una buena preparación para esta experiencia —comentó.

—Más o menos.

—Nunca comprendí por qué te gustaba tanto el ejército.

Farragut oyó, desde el espacio abierto delante de la entrada principal, a un guardia que gritaba: «Vais a ser buenos chicos, ¿verdad? Vais a ser buenos chicos, vais a ser buenos, buenos chicos...» Oyó el ruido de unos grilletes que se arrastraban y supo que llegaban de Auburn.

—Oh, maldita sea —exclamó Marcia. El malhumor le oscureció el semblante—. Oh, maldita sea —repitió indignada.

—¿Qué pasa? —preguntó Farragut.

—No encuentro los Kleenex. —Continuó buscando en el bolso.

—Lo siento.

—Hoy todo parece salirme mal —protestó Marcia—, absolutamente todo. —Vació el contenido del bolso sobre el mostrador.

—Señora, señor —dijo el carcelero, que estaba sentado por encima de ellos, en una silla alta como un vigilante de la playa—. Señora, no se le permite tener nada en el mostrador salvo las latas de bebidas.

—Soy una contribuyente —replicó ella—. Ayudo a mantener este lugar. Me cuesta más mantener a mi marido aquí que lo que me cuesta enviar a mi hijo a un buen colegio.

—Señora, señora, por favor —insistió el carcelero—. Quite todas esas cosas del mostrador o tendré que echarla.

Marcia encontró la pequeña caja de pañuelos de papel y guardó todo el contenido de su bolso. Luego él le cubrió la mano con la suya, conmovido por ese recuerdo de su pasado. Ella apartó la mano, pero ¿por qué? Si ella le hubiese permitido tocarla durante un minuto, el calor, el sosiego, le hubiesen durado semanas.

—Bueno —dijo Marcia. Él vio cómo recuperaba la compostura, la belleza.

La luz en la sala era cruel, pero ella daba una réplica perfecta a su dureza. Había sido una auténtica belleza. Varios fotógrafos le habían pedido que fuera su modelo, aunque sus pechos, maravillosos para amamantar y para el amor, eran un poquitín demasiado grandes para esa línea de trabajo. «Soy demasiado tímida, demasiado perezosa», había respondido ella. Había aceptado el cumplido; su belleza había sido certificada. «¿Sabes? —le había dicho su hijo—, no puedo hablar con mamá cuando hay un espejo en la habitación. Está completamente chiflada por su aspecto.» Narciso era un hombre y no podía cambiar, pero ella, quizá doce o catorce veces, se había colocado delante del espejo de cuerpo entero en su dormitorio y le había preguntado: «¿Hay alguna otra mujer de mi edad en este país que sea tan hermosa como yo?» Ella estaba desnuda, apabullantemente desnuda, y él había creído que se trataba de una invitación, pero cuando la tocó ella le dijo: «Deja de sobarme los pechos. Soy hermosa.» Lo era. Sabía que después de que se marchara, cualquiera que la hubiese visto —el carcelero, por ejemplo— diría: «Si ésa era tu esposa, eres un tipo con suerte. Nunca he visto a una mujer tan hermosa excepto en el cine.»

Si ella era Narcisa, ¿se le podía aplicar el resto de la doctrina freudiana? Él nunca, dentro de su limitado juicio, se había tomado esto muy en serio. Marcia había pasado tres semanas en Roma con su antigua compañera de cuarto, María Lippincott Hastings Guglielmi. Tres matrimonios, una pingüe pensión de cada uno, y una muy lamentable reputación sexual. En aquel momento no tenían una asistenta y entre él y Peter habían limpiado la casa, preparado y encendido el fuego y comprado flores para celebrar su regreso de Italia. Él la recibió en el aeropuerto Kennedy. El avión llegó con retraso. Era más de medianoche. Cuando él se inclinó para besarla, ella se volvió y se bajó el ala de su nuevo sombrero romano. Él recogió las maletas, buscó el coche y emprendieron el regreso a casa.

—Pareces haber disfrutado de una estancia maravillosa —comentó él.

—Nunca había sido más feliz en toda mi vida —respondió ella.

Él no sacó conclusiones. El fuego estaba encendido, las flores resplandecían. En aquella parte del mundo, el suelo estaba cubierto de nieve sucia.

—¿Nevaba en Roma? —preguntó.

—En la ciudad no. Había un poco de nieve en la Via Cassia. No la vi. Lo leí en el periódico. Nada tan repugnante como esto.

Él llevó las maletas a la sala. Peter estaba allí, en pijama. Marcia lo abrazó y derramó unas lagrimitas. Ni siquiera vio el fuego y las flores. Podía intentar besarla de nuevo, pero sabía que probablemente recibiría un directo a la mandíbula.

—¿Quieres que te prepare una copa? —preguntó subiendo el tono de voz.

—No me vendría mal —contestó ella con un tono una octava más bajo—. Campari.

—¿*Limone?* —preguntó.

—*Sì*, *sì*, un *spritz*.

Él buscó el hielo, la rodaja de limón y le ofreció la copa.

—Déjalo sobre la mesa —dijo ella—. El Campari me recordará la felicidad perdida.

Marcia fue a la cocina, mojó una esponja y comenzó a limpiar la puerta del frigorífico.

—Hemos limpiado la casa —dijo él con un tono de sincera tristeza—. Peter y yo hemos limpiado la casa. Peter fregó el suelo de la cocina.

—Pues por lo que parece os olvidasteis de la puerta del frigorífico —replicó ella.

—Si hay ángeles en el cielo —comentó él—, y son mujeres, supongo que deberán dejar a un lado las arpas con bastante frecuencia para limpiar los fregaderos, las puertas de los frigoríficos y todas las superficies esmaltadas. Parece ser una característica femenina secundaria.

—¿Te has vuelto loco? —preguntó ella—. No sé de qué me hablas.

Su polla, hasta hacía muy poco dispuesta a divertirse, se retiró de Waterloo a París y de París al Elba.

—Casi todos a los que amo me llaman loco —dijo él—. De lo que quiero hablar es de amor.

—Ah, es eso —exclamó ella—. Pues mira esto.

Apoyó los pulgares en las orejas, movió los dedos, puso los ojos bizcos y soltó una sonora pedorreta con la lengua.

—Preferiría que no hicieras muecas —dijo él.

—Desearía que no tuvieras ese aspecto —replicó ella—. Da gracias a Dios de que no puedas ver la pinta que tienes.

Él no dijo nada más porque sabía que Peter los escuchaba.

Aquella vez ella tardó unos diez días en ceder. Fue después de un cóctel y antes de la cena. Echaron una cabezada, ella en sus brazos. Eran uno, pensó él. Los fragantes mechones de Marcia le tapaban el rostro. Su respiración era profunda. Cuando se despertó, ella le tocó el rostro y le preguntó:

—¿He roncado?

—Terriblemente, parecías una sierra mecánica.

—Ha sido un sueño delicioso. Me encanta dormir en tus brazos.

Luego hicieron el amor. Sus fantasías para un gran orgasmo eran ganar la regata, el Renacimiento, las altas cumbres...

—Dios, ha sido fantástico —dijo ella—. ¿Qué hora es?

—Las siete.

—¿A qué hora nos esperan?

—A las ocho.

—Tú ya te has bañado, ahora me bañaré yo.

Él la secó con un Kleenex y le dio un cigarrillo encendido. La siguió al baño y se sentó en la tapa del váter mientras ella se frotaba la espalda con un cepillo.

—Me olvidé de decírtelo —dijo él—. Liza nos envió un queso de Brie.

—Muy amable de su parte. ¿Pero sabes qué? El Brie me afloja los intestinos.

Él se subió los genitales y cruzó las piernas.

—Es curioso. A mí me provoca estreñimiento.

Así era su matrimonio en aquel entonces: no el peldaño más alto de las escaleras, el rumor de las fuentes italianas, el viento entre los olivares extranjeros, sino esto: un hombre y una mujer en pelota viva que hablaban de sus intestinos.

Otra vez. Fue cuando aún criaban perros. *Hannah*, la perra, había parido una camada de ocho. Siete estaban en la perrera, detrás de la casa. Uno, un cachorro enfermo que moriría, lo tenían dentro. El ruido de un cachorro que vomitaba o defecaba despertó a Farragut de un sueño ligero alrededor de las tres. Dormía desnudo y desnudo se levantó de la cama, con mucho sigilo para no molestar a Marcia, y bajó a la sala. Había mierda debajo del piano. El cachorro temblaba. «No pasa nada, *Gordo*», dijo. Peter había bautizado al cachorro como *Gordon Cooper*, el astronauta. Hacía mucho tiempo de eso. Buscó la fregona, el cubo y unas cuantas toallas de papel y se metió con el culo al aire debajo del piano para limpiar la mierda. Pero la había molestado y la oyó bajar las escaleras. Vestía un camisón transparente y se veía todo lo que había que ver.

—Lamento haberte despertado. *Gordo* ha tenido un accidente.

—Te ayudaré —se ofreció ella.

—No es necesario. Ya casi he terminado.

—Quiero hacerlo —insistió.

A gatas se reunió con él debajo del piano. Cuando acabaron, ella fue a levantarse y se golpeó la cabeza contra aquella parte del piano que sobresale del cuerpo del instrumento.

—¡Ay! —exclamó Marcia.

—¿Te has hecho daño?

—Nada grave. Espero que no me salga un chichón o un morado.

—Lo siento, mi amor —dijo él.

Se levantó, la abrazó, la besó e hicieron el amor en el sofá. Él le encendió un cigarrillo y se fueron a la cama. Pero poco después él entró en la cocina para buscar unos cubitos y la encontró abrazada y besándose con Sally Midland, su compañera en las clases de bordado, dos veces por semana. Juzgó que el abrazo no era platónico y odió a Sally.

—Perdón —dijo él.

—¿Por qué? —preguntó ella.

—Por pedorrearme —respondió él.

Había sido desagradable y lo sabía. Se llevó la cubitera al *office.* Marcia se mantuvo callada durante la cena y el resto de la velada. Cuando se despertaron al día siguiente —sábado—, él le dijo:

—Buenos días, cariño.

—Mierda —fue la respuesta.

Se puso la bata y bajó a la cocina, donde él la oyó darle un puntapié al frigorífico y luego al lavavajillas.

—Odio tus malditos electrodomésticos de mierda —gritó—. Odio, odio, odio esta mierda de cocina sucia y anticuada. Estaba soñando que vivía en salones de mármol.

Él sabía que eso era un mal presagio y los augurios eran que se quedaría sin desayuno. Cuando se enfadaba, miraba los huevos del desayuno como si los hubiese puesto y empollado. ¡El huevo, el huevo para el desayuno! El huevo era como una sibila en un drama ático.

—¿Puedo tomar huevos para desayunar? —le preguntó una vez, hacía años y años.

—¿Quieres que prepare huevos en esta Casa Usher? —replicó ella.

—¿Puedo prepararme unos huevos? —preguntó.

—No puedes. Ensuciarás tanto esta ruina que tardaré horas en limpiarla.

Sabía que en mañanas como ésa, tendría mucha suerte si conseguía una taza de café. Cuando acabó de vestirse y bajó, su rostro seguía siendo muy hosco y eso le hizo sentirse mucho más dolido que hambriento. ¿Cómo podía repararlo? Miró por la ventana y vio que había helado, la primera helada. El sol había salido, pero la escarcha blanca se mantenía en la sombra de la casa y los árboles con una precisión euclidiana. Después de la primera helada cortaba los arándanos que a ella le gustaban para preparar jalea, no mucho más grandes que las pasas, negros, de sabor fuerte; se dijo que quizá un saco de arándanos lo arreglaría. Era escrupuloso con la magia sexual de las herramientas. Eso podía ser ansiedad o el hecho de que una vez habían veraneado en el suroeste de Irlanda, donde las herramientas eran o macho o hembra. Cargado con un cesto y unas tijeras, él se hubiese sentido como un trasvesti. Cogió un saco de arpillera y un cuchillo de caza. Fue al bosque —a casi un kilómetro de la casa—, donde había arándanos entre los pinos. Miraban al este y estaban maduros, de un color morado oscuro y cubiertos de escarcha en la sombra. Los cortó con su cuchillo macho y los metió en el áspero saco. Los cortó para ella, pero ¿quién era ella? ¿La amante de Sally Midland? ¡Sí, sí, sí! «Enfréntate a los hechos.» Se enfrentaba a lo que podía ser la mayor de las falsedades o la mayor de las verdades, pero en cualquier caso lo envolvía y lo apoyaba una sensación de racionalidad. Pero ¿y si ella amaba a Sally Midland?, ¿no amaba él a Chucky Drew? Le gustaba estar con Chucky Drew, pero cuando estaban uno al lado del otro en la ducha le parecía que Chucky tenía el aspecto de un pollo enfermo, con los brazos fofos como los brazos de aquellas mujeres que acostumbraban a jugar al bridge con su madre. Pensó que él no había amado a un hombre desde que había dejado a los scouts. Así que, con su saco de arándanos, volvió a la casa, con erizos en el pantalón y la frente picada por las últimas moscas de aquel año. Marcia estaba de nuevo en la cama. Tenía el rostro hundido en la almohada.

—He ido a coger unos arándanos —dijo él—. Anoche tuvimos la primera helada. He cogido unos cuantos arándanos para hacer jalea.

—Gracias —respondió ella, con la cabeza todavía hundida en la almohada.

—Los dejaré en la cocina.

Pasó el resto del día preparando la casa para el invierno. Bajó las persianas y colocó las contraventanas, protegió los rododendros, comprobó el nivel del gasóleo en el tanque de la calefacción y afiló las cuchillas de sus patines de hielo. Trabajó acompañado por numerosos abejorros que chocaban contra los aleros como si quisieran, lo mismo que él, encontrar un refugio ante la llegada de la era glacial...

—En parte fue porque dejamos de hacer cosas juntos —explicó él—. Solíamos hacer muchas cosas juntos. Dormíamos juntos, viajábamos juntos, esquiábamos, patinábamos, navegábamos, íbamos a conciertos, lo hacíamos todo juntos, mirábamos los partidos de béisbol y bebíamos cerveza juntos, aunque a ninguno de los dos nos gusta la cerveza, al menos la de este país. Era el año aquel en que Lomberg, o comoquiera que se llamara, falló aquel lanzamiento. Tú lloraste, yo también. Lloramos juntos.

—Tú te chutabas —dijo ella—. No podíamos hacer eso juntos.

—Pero estuve limpio durante seis meses. No sirvió de nada. A palo seco. Casi me mata.

—Seis meses no son una vida, y en cualquier caso, ¿cuánto hace?

—Tienes razón.

—¿Cómo estás ahora?

—He bajado de cuarenta a diez miligramos. Me dan la metadona todas las mañanas, a las nueve. La reparte un marica. Lleva peluca.

—¿Ha intentado ligar contigo?

—No lo sé. Me preguntó si me gustaba la ópera.

—No te gusta, por supuesto.

—Eso fue lo que le dije.

—Bien hecho. No quisiera estar casada con un homosexual, después de haberme casado con un drogadicto homicida.

—Yo no maté a mi hermano.

—Lo golpeaste con un atizador. Se murió.

—Lo golpeé con un atizador. Él estaba borracho. Se golpeó la cabeza contra el escalón de la chimenea.

—Los criminalistas dicen que todos los condenados proclaman que son inocentes.

—Confucio dice...

—Eres tan superficial, Farragut... Siempre has sido un don nadie.

—Yo no maté a mi hermano.

—¿Cambiamos de tema?

—Por favor.

—¿Cuándo crees que estarás limpio?

—No lo sé. Me resulta difícil imaginarlo. Puedo decir que me lo imagino, pero sería una falsedad. Sería como si afirmara que soy capaz de trasladarme a una tarde de mi juventud.

—Por eso eres un don nadie.

—Sí.

Él no quería discutir. Allí no, y nunca más con ella. Había observado, en el último año de su matrimonio, que el esquema de una pelea era un ritual, como las palabras y el sacramento del sagrado matrimonio.

—No tengo por qué seguir escuchando toda esa mierda —le había gritado Marcia.

Él se asombró, no ante su histeria, sino por el hecho de que ella le había quitado las palabras de la boca.

—Has arruinado mi vida, has arruinado mi vida —chilló ella—. No hay nada en la tierra más cruel que un matrimonio fracasado.

Todo eso lo tenía en la punta de la lengua. Pero entonces, viendo cómo ella continuaba anticipándose a sus pensamientos, escuchó cómo su voz, enronquecida y suavizada por una pena sincera, iniciaba una variación que no estaba a su alcance.

—Tú eres el mayor error que he cometido nunca —afirmó ella con tranquilidad—. Creía que mi vida era una pura frustración, pero cuando mataste a tu hermano vi que había subestimado mis problemas.

Cuando ella hablaba de frustración algunas veces se refería a la frustración de su carrera como pintora, que había comenzado y acabado cuando ganó el segundo premio en un concurso de pintura en el colegio universitario, hacía veinticinco años. Lo había llamado «desgraciado» una mujer a la que amaba profundamente y siempre había tenido en mente esa posibilidad. La mujer lo había llamado «desgraciado» cuando ambos estaban en pelotas en el último piso de un buen hotel. Entonces ella lo había besado y le había dicho:

—Vamos a rociarnos el uno al otro con whisky y nos lo beberemos.

Lo hicieron, y él no podía dudar del juicio de aquella

mujer. Así que, como el desgraciado que era, quizá, él repasó su carrera como pintora. Cuando se conocieron, ella vivía en un estudio y se ocupaba principalmente de pintar. Cuando se casaron, el *Times* la había descrito como pintora y en todos los apartamentos y casas en que habían vivido tenía un estudio. Ella pintaba, pintaba y pintaba. Cuando tenían invitados a cenar les mostraba sus pinturas. Había hecho fotografiar sus cuadros y había enviado las fotos a las galerías. Había hecho exposiciones en los parques, en las calles y en los mercadillos. Había llevado sus pinturas a la calle 57, a la calle 63, a la calle 72, había solicitado becas, ayudas, admisión a colonias de pintores subvencionadas, había pintado, pintado y pintado, pero su obra nunca había sido recibida con el más mínimo entusiasmo. Él lo comprendía, intentaba comprenderlo, aun siendo un desgraciado. Ésa era su vocación, tan poderosa, suponía, como el amor de Dios, y como ocurre con algún sacerdote desafortunado, sus oraciones fallaron el tiro. Eso tenía un triste encanto.

Su pasión por la independencia había llegado al extremo de que ella había manipulado su cuenta bancaria conjunta. La independencia de las mujeres no era algo que lo pillara de nuevas. Su experiencia era grande, aunque no excepcional. Su bisabuela había rodeado dos veces el cabo de Hornos en un velero. Ella era el sobrecargo, por supuesto, la esposa del capitán, pero eso no la había protegido de las grandes tempestades, la soledad, el riesgo de un motín, la muerte o algo peor. Su abuela había querido ser bombero. Era una prefreudiana, pero se lo tomaba con humor. «Me encantan las campanas —decía—, las escaleras, las mangueras, el estruendo del agua. ¿Por qué no me puedo presentar voluntaria al cuerpo de bomberos?» Su madre había sido una empresaria sin éxito, gerente de salones de té, restaurantes, tiendas de ropa y en una ocasión propietaria de una fábrica que producía bolsos, cigarreras pintadas y topes de puertas. Sabía que la lucha de Marcia por la independencia no era el lastre de su compañía sino el lastre de la historia.

Había descubierto la manipulación de los cheques casi en cuanto había comenzado. Ella tenía algo de dinero propio, pero apenas lo justo para pagarse sus prendas. Dependía de él y se decidió a hacerlo porque no podía cambiar esa situación. Comenzó a pedir a los proveedores y operarios que le cambiaran los cheques y después afirmaba que el dinero lo había gastado en el mantenimiento de la casa. Los fontaneros, los electricistas, los carpinteros y los pintores no acababan de entender lo que ella hacía, pero era solvente y no les importaba cambiarle los cheques. Cuando Farragut descubrió la maniobra comprendió que se debía a su deseo de independencia. Ella seguramente sabía que él lo sabía. Dado que ambos lo sabían, qué sentido tenía sacar el tema a menos que quisiera presenciar una lluvia de lágrimas, que era lo que menos deseaba.

—¿Cómo está la casa? —preguntó—. ¿Cómo está Indian Hill?

No empleó los posesivos: mi casa, tu casa, nuestra casa. Todavía era su casa y lo seguiría siendo hasta que ella consiguiera el divorcio. Ella no respondió. No se quitó los guantes dedo a dedo, no se tocó el pelo, ni recurrió a ninguno de los chistes que utilizan en las teleseries para expresar desprecio. Fue mucho más hiriente que eso.

—Bueno —dijo—, es agradable tener el váter seco.

Salió de la sala de visitas y subió las escaleras hasta la galería F. Colgó la camisa blanca en la percha y se acercó a la ventana, donde, a través de un espacio de unos treinta centímetros, veía dos escalones de la entrada y la acera que recorrerían los visitantes de camino a sus coches, los taxis o el tren. Esperó a que salieran como un camarero en un hotel con pensión completa espera a que se abran las puertas del comedor, como un amante, como un agricultor arruinado por la sequía espera la lluvia, pero sin el sentido de la universalidad de esa espera.

Aparecieron —uno, tres, cuatro, dos— veintisiete en total. Era día laborable. Chicanos, negros, blancas, su esposa de clase media alta con su peinado en forma de campana, lo que estuviese de moda aquel año. Había ido a la peluquería antes de ir a la cárcel. ¿Lo había comentado? «No voy a una fiesta, voy a la cárcel a ver a mi marido.» Recordó a las mujeres en el mar antes de que apareciera Ann Ecbatan. Todas nadaban braza para que no se les mojara el pelo. Ahora algunas de las visitas llevaban las bolsas de papel donde habían llevado el contrabando que habían intentado pasarles a sus seres queridos. Eran libres, libres para correr, saltar, follar, beber, sacar un pasaje de avión a Tokyo. Eran libres y, sin embargo, se movían con tanta despreocupación por ese precioso elemento que parecía un desperdicio que lo fueran. No había ningún aprecio por la libertad en la manera como se movían. Un hombre se agachó para subirse los calcetines. Una mujer rebuscaba en el bolso para asegurarse de que tenía las llaves. Una joven echó una ojeada al cielo encapotado y abrió un paraguas verde. Una vieja muy fea se secó las lágrimas con un trozo de papel. Ésas eran sus limitaciones, las señales de su confinamiento, pero había una naturalidad, una inconsciencia de su encarcelamiento de las que él, mientras los miraba a través de los barrotes, cruelmente carecía.

No era dolor, no era nada tan sencillo y claro como eso. Lo único que conseguía identificar era una molestia en los conductos lacrimales, un ciego e instintivo deseo de llorar. Las lágrimas no eran un problema; una buena paja de diez minutos. Quería llorar y aullar. Estaba entre los muertos vivientes. No había palabras, ninguna palabra viva, adecuada a esa pena, a esa separación. Era un hombre primitivo enfrentado a un amor romántico. Los ojos se le llenaron de lágrimas cuando desapareció el último visitante, el último zapato. Se sentó en su camastro y sujetó en su mano derecha la cosa más interesante, mundana, complaciente y evocadora que había en la celda.

—Menéatela rápido —dijo el Pollo Número Dos—. Sólo tienes ocho minutos antes del papeo.

La galería F sólo estaba ocupada a medias. La mayoría de los baños y las taquillas del piso de arriba estaban rotos y desiertos. No había nada que funcionara de verdad y el váter de la celda de Farragut iba por libre y se descargaba ruidosamente. El aire de obsolescencia —la sensación de que ésos debían de ser seguramente los últimos en aquella cárcel— era muy fuerte. De entre los veinte hombres en la F, Farragut, al cabo de dos semanas, acabó por integrarse en un grupo formado por el Pollo Número Dos, Bumpo, el Tapia, el Cornudo, el Mudo y Tenis. Esta organización era profundamente misteriosa. El Mudo era un hombre muy alto y apuesto que supuestamente había asesinado a su padre. Farragut pronto aprendió que nunca debía preguntarle a un colega qué estaba haciendo en Falconer. Sería una estúpida violación de los términos en que vivían los unos con los otros, y en cualquier caso nunca hubiesen dicho la verdad. El Mudo era lacónico. No hablaba prácticamente con nadie excepto con el Tapia, que estaba indefenso. Todos hablaban del Tapia. Alguna organización criminal le había perforado los tímpanos con un punzón. Luego habían amañado una acusación que lo había mandado a la cárcel por muchos años y finalmente lo habían obsequiado con un audífono de doscientos dólares. El aparato consistía en una mochila de lona que se colgaba de los hombros. Contenía un receptor de plástico de color carne, un auricular que se colocaba en la oreja derecha y cuatro pilas. El Mudo se encargaba de traer y llevar al Tapia al comedor, lo animaba a que llevara puesto el audífono y le cambiaba las pilas cuando se agotaban. Casi nunca hablaba con nadie más.

Tenis había abordado a Farragut al segundo día, a primera hora de la mañana, cuando habían acabado de barrer las celdas y estaban esperando a que los llamaran a desayunar.

—Soy Lloyd Haversham, júnior —dijo—. ¿El nombre te suena? ¿No? Me llaman Tenis. Creí que quizá te sonaría porque tienes pinta de ser un hombre que quizá juega al tenis. Gané los dobles de Spartanburg dos veces consecutivas. Soy el segundo hombre en la historia del tenis que lo ha hecho. Aprendí en pistas privadas, por supuesto. Nunca he jugado en una pista pública. Aparezco en la enciclopedia deportiva, el diccionario de los grandes del deporte. Soy miembro de la Academia de Tenis y fui artículo de portada en el número de marzo de *Racquets*. *Racquets* es la más importante de las revistas que publican los fabricantes de material de tenis. —Mientras hablaba, Tenis exhibió todas las posturas del gran vendedor: manos, hombros, pelvis, todo estaba en movimiento—. Estoy aquí por un error burocrático, un error bancario. Soy un visitante, un transeúnte, veré a la junta de libertad condicional dentro de unos días y me marcharé. Deposité trece mil dólares en el Bank for Mutual Savings la mañana del 9 y di tres cheques de doscientos dólares cada uno antes de que acreditaran el depósito. Por accidente, utilicé el talonario de mi compañero de habita-

ción; había quedado segundo en los dobles de Spartanburg
y nunca me perdonó mi victoria. No hace falta nada más
que un poco de envidia y un error burocrático (mala suerte)
para que envíen a un hombre a la cárcel, pero estaré corriendo a la red dentro de una o dos semanas. ¡Esto es más una
despedida que un hola, pero «hola» de todas maneras!

Tenis, como la mayoría de ellos, hablaba como un zombi y Farragut le había oído preguntar: «¿Se han ocupado de
ti? ¿Se han ocupado de ti?» Esto fue lo que Bumpo le contó
a Farragut. La carrera tenística de Tenis se había acabado hacía treinta años y lo habían enchironado por falsificar cheques cuando trabajaba en una charcutería. Bumpo dijo esto
de Tenis, pero no dijo nada de sí mismo, aunque era el famoso de la galería y supuestamente había sido el segundo
hombre en secuestrar un avión. Había obligado al piloto a
volar de Minneapolis a Cuba y estaba cumpliendo una sentencia de dieciocho años. Bumpo nunca decía esto o aquello
de sí mismo y la única excepción era el gran anillo que llevaba, montado con un diamante o un trozo de vidrio. «Vale
veinte mil dólares», decía. El precio variaba según el día.

—Lo vendería. Lo vendería mañana mismo si alguien
me garantiza que salvaría una vida. Me refiero a que si hubiese alguna persona muy vieja, solitaria y hambrienta cuya
vida pudiera salvar, bueno, entonces lo vendería. Por supuesto, tendría que ver los documentos. También si hubiese alguna niña pequeña que estuviese indefensa y sola, y
estuviese seguro de que nadie ni nada en el mundo podrían

salvar su vida, bueno, entonces le daría mi pedrusco. Pero primero querría ver los documentos. Querría ver las declaraciones, las fotos y las partidas de nacimiento, pero si me demuestran que mi pedrusco es la única cosa que pudiera salvarla de la tumba, bueno, entonces se lo daría en menos de diez minutos.

El Pollo Número Dos hablaba de su brillante carrera como ladrón de joyas en Nueva York, Chicago y Los Ángeles, y si bien hablaba como un zombi más que cualquiera de los demás, en su charla había un estribillo.

—No le pidas que rebaje el precio —gritaba. Su voz era vehemente y furiosa—. Te lo he dicho, no le pidas que te rebaje el precio. No te lo dará por un precio más bajo, así que no se lo pidas. —Cuando hablaba de su carrera no detallaba sus éxitos. Hablaba sobre todo de su encanto—. La razón para que fuera tan grande era mi encanto. Era encantador. Todos sabían que tenía clase. Y voluntad, tenía voluntad. Daba la impresión de ser una persona muy voluntariosa. Si alguien me pedía cualquier cosa, le daba la impresión de que lo intentaría. Consígueme las cataratas del Niágara, decían. Consígueme el Empire State. Sí, señor, siempre les decía, sí señor. Lo intentaré. Tenía clase.

El Cornudo, como Tenis, lo abordó por la directa. Farragut no llevaba más de una semana como miembro de la familia cuando el Cornudo le hizo una visita. Era un hombre gordo con un rostro sonrosado, cabellos ralos y una exasperante y exagerada sonrisa. La cosa más interesante del tipo era que se había montado un negocio. Pagaba un paquete de cigarrillos mentolados por cada dos cucharas que alguien robara del comedor. En el taller convertía las cucharas en brazaletes, y Walton, uno de los carceleros, los sacaba de la cárcel ocultos en la ropa interior y los llevaba a una tienda de regalos, donde se anunciaban como creaciones de un hombre que estaba condenado a muerte. Se vendían por veinticinco dólares. Con estas ganancias mantenía su celda llena de latas de jamón, pollo, sardinas, mantequilla de cacahuete, galletas y bollos, que empleaba como cebo para conseguir que sus camaradas escucharan las historias referentes a su esposa.

—Permíteme que te agasaje con una buena loncha de jamón —le dijo a Farragut—. Siéntate, siéntate, y toma una buena loncha de jamón, pero primero déjame decirte por qué estoy aquí. Me cargué a mi esposa por error. La noche que me la cargué fue la noche que me dijo que ninguno de los tres chicos era mío. También me dijo que los dos abortos que le había pagado y el tercero natural tampoco eran míos. Entonces fue cuando me la cargué. Incluso cuando las cosas iban bien no se podía confiar en ella. Como aquella semana, o quizá fueran dos, cuando no hacíamos más que follar todo el día. Yo era vendedor pero se había acabado la temporada, así que estábamos en casa follando, comiendo y bebiendo. Entonces fue cuando me dijo que necesitábamos tomarnos unas vacaciones de tanto follar y comprendí a qué se refería. Yo estaba enamorado de verdad. Me dijo que sería fantástico que nos separáramos durante un par de semanas y lo maravilloso que sería cuando nos volviéramos a encontrar. Entendí a qué se refería, así que salí de gira durante un par de semanas pero una noche en Dakota del Sur me emborraché y me tiré a una tía y me sentí tan culpable que cuando regresé a casa y me quité el pantalón sentí que debía confesarle que había sido impuro y lo hice. Entonces fue cuando ella me besó y dijo que no tenía importancia y que se alegraba de mi confesión porque ella también tenía que confesarse. Dijo que el día en que me marché ella había cogido un taxi para ir al otro lado de la ciudad para ver a su hermana y que el taxista tenía unos ojos negros divinos que parecían clavarse en ella, así que se la había follado cuando él acabó el turno, a las diez. Y al día siguiente ella había ido a Melcher a comprar comida para el gato y se había producido un choque entre varios coches del que ella había sido testigo, y cuando aquel guapísimo agente la estaba interrogando, él le había preguntado si podía continuar con el interrogatorio en casa, así que también había follado con él. Y entonces aquella noche, aquella misma noche, se había presentado un viejo compañero de instituto y habían acabado follando. Luego, a la mañana siguiente, la mismísima mañana siguiente, cuando estaba repostando en Harry's se había puesto cachonda con el nuevo empleado y el chico se presentó en casa a la hora de la comida. Así que, más o menos, para entonces, ya me había subido los pantalones, salí de la casa y me fui al bar de la esquina, y me quedé allí durante un par de horas; pero cuando pasaron las dos horas ya estaba de nuevo en la cama con ella.

—Dijiste que me darías una loncha de jamón —le recordó Farragut.

—Ah, sí —dijo el Cornudo. Era tacaño y codicioso, y Farragut sólo recibió una loncha de jamón casi transparente. El Pollo negociaba con el Cornudo y no iba a su celda hasta que le hubiese prometido una cantidad fija de comida.

Aquella noche, Farragut hizo la cola para la cena entre Bumpo y Tenis. Les sirvieron arroz, salchichas, pan, margarina y medio melocotón en almíbar. Se guardó tres rebanadas de pan para el gato y subió al trote hasta la galería F. Trotar le daba la ilusión de libertad. Pequeñín estaba sentado a la mesa, al final del pasillo, dispuesto a zamparse la cena que le traían de un restaurante. En el plato tenía un bonito bistec a la plancha, tres patatas asadas y guisantes, y otro plato con una tartaleta entera. Farragut suspiró sonoramente cuando olió la carne. La comida era una revelación reciente en su vida. Había llegado a la conclusión de que la Sagrada Eucaristía era nutritiva si te la daban en cantidad. En algunas iglesias, a veces, habían horneado el pan —caliente, fragante y crujiente— en el presbiterio. «Come esto en memoria mía.» La comida tenía algo que ver con sus principios como cristiano y hombre. Había leído en alguna parte que interrumpir bruscamente la lactancia era traumático, y por lo que él recordaba de su madre era muy capaz de haberle arrancado la teta de su boca para no llegar tarde a la partida de bridge; pero eso se parecía mucho a la autocompasión y él había intentado extirpar la autocompasión de su espectro emocional. La comida era comida, el hambre era hambre y su estómago medio vacío y el perfume de la carne a la plancha establecían un vínculo que le costaría un huevo romper.

—Que aproveche —le dijo a Pequeñín.

Un teléfono sonaba en la otra habitación. El televisor estaba encendido y la mayoría había escogido, mediante una votación amañada, un concurso. La ironía de la televisión, representada ante cualquier forma de vida o muerte, era superficial y fortuita.

Así que mientras agonizabas, mientras estabas junto a la ventana con barrotes y mirabas la plaza desierta, oías la voz de un hombre, de un medio hombre, la clase de persona a la que nunca le hubieses hablado en el colegio o en la universidad, la víctima de un mal barbero, sastre y maquillador, exclamar:

—Obsequiamos con gran placer a la señora de Charles Alcorn, del 11.235 del bulevar 275, con este frigorífico tamaño catedral de cuatro puertas que contiene cien kilos de solomillo de primera y otros productos suficientes para alimentar a una familia de seis miembros durante dos meses. Esto incluye comida para las mascotas. No llore, señora Alcorn, oh, mujer, no llore, no llore... Y para los demás concursantes un lote completo de productos del patrocinador.

El tiempo para la ironía banal, pensó, había pasado hacía mucho. Que me den los acordes, los ríos profundos, la invariable profundidad de la nostalgia, el amor y la muerte. Pequeñín había comenzado a rugir. Por lo general era un hombre razonable, pero su voz era fuerte, estrepitosa, enloquecida. «Jodido cabrón hijoputa, chupapollas y lameculos.»

Las obscenidades recordaron a Farragut la vieja guerra contra Alemania y Japón.

—Estoy en una puta compañía de fusileros —decía él o cualquier otro—. Tienes los putos M-1 que no funcionan, los putos 03 para simular las putas carabinas, las putas ametralladoras que se atascan y los putos morteros de sesenta milímetros donde tienes que ajustar la puta mira para apuntar al puto objetivo.

La obscenidad funcionaba en su lenguaje como un tónico, algo que le daba fuerza y estructura, pero la palabra «puta», mucho más tarde, tenía para Farragut la débil fuerza de un recuerdo. «Puta» significaba fusiles, mochilas de treinta kilos, redes de desembarco, las apestosas islas del Pacífico y la voz de la Rosa de Tokio en la radio. Ahora el sincero estallido de Pequeñín había desenterrado un pasado, no muy vívido porque no había ninguna dulzura en él, pero sí unos memorables cuatro años de su vida. Pasó el Cornudo y Farragut le preguntó:

—¿Qué le pasa a Pequeñín?

—Ah, ¿no lo sabes? —respondió el Cornudo—. Acababa de sentarse a cenar cuando lo llamó el oficial de guardia por el teléfono exterior para preguntarle algo de unas hojas de servicios. Cuando volvió, un par de gatos, unos gatos grandes, se le habían comido el bistec, las patatas, se habían cagado en el plato y estaban acabándose la tartaleta. Le arrancó la cabeza a uno. El otro se escapó. Mientras le arrancaba la cabeza al gato, el bicho lo mordió. Sangraba sin parar. Supongo que habrá ido a la enfermería.

Si las cárceles las construían para que algún ser vivo fuese feliz, ese ser vivo seguramente serían los gatos, aunque lo sentencioso de la observación enfadaba a Farragut. Pero el hecho era que hombres provistos de tableros de dibujo, peones, cemento y piedra habían construido edificios para negar a su propia especie gran parte de su libertad. Los gatos eran quienes más se aprovechaban. Hasta los más gordos, los de treinta kilos, se abrían paso fácilmente entre los barrotes, donde había multitud de ratas y ratones para los cazadores, hombres sedientos de amor para los mimosos, y salchichas, albóndigas, pan seco y margarina para comer.

Farragut había visto los gatos de Luxor, El Cairo y Roma, pero ahora que todo el mundo iba por el planeta y escribía postales y algunas veces libros, no tenía mucho sentido ligar a los sombríos gatos de la cárcel con los sombríos gatos del mundo antiguo. Como criador de perros nunca le habían gustado mucho los gatos, pero había cambiado. En Falconer había más gatos que presos, y había dos mil presos. Pongamos unos cuatro mil gatos. Su olor lo dominaba todo, pero mantenían controlada la población de ratas y ratones. Farragut tenía su favorito. También todos los demás; algunos tenían hasta seis. Las esposas de algunos hombres llevaban Kitty Chow y cosas por el estilo. La soledad enseñaba a los intransigentes a amar a sus gatos porque la soledad puede cambiar cualquier cosa sobre la tierra. Eran cálidos, eran peludos, estaban vivos y ofrecían fugaces atisbos de emoción, inteligencia, singularidad y algunas veces gracia y belleza. Farragut llamaba a su gato *Bandido* porque —negro y blanco— tenía una máscara como un asaltante de diligencias o un mapache.

—Eh, gato —lo llamó.

Dejó las tres rebanadas de pan en el suelo. *Bandido* lamió primero la margarina del pan y luego, con finura felina, se comió las cortezas, bebió un sorbo de agua del váter, se acabó la miga y se subió a la falda de Farragut. Las garras atravesaron la tela del pantalón de faena como las espinas de una rosa.

—Buen chico, buen chico. ¿Sabes qué, *Bandido*? Mi esposa, mi única esposa, ha venido a verme hoy y no sé qué demonios pensar de la visita. Recuerdo sobre todo cuando se alejaba de este lugar. Mierda, *Bandido*, la quiero.

Acarició al gato detrás de las orejas con el pulgar y el dedo corazón. *Bandido* ronroneó sonoramente y cerró los ojos. Nunca había descubierto el sexo del animal. Recordó a los chicanos en la sala de visitas.

—Es una suerte que no me pongas cachondo, *Bandido*.

Solía pasarlo muy mal con mi miembro. Una vez subí una montaña en los Abruzos. Dos mil metros. Se suponía que el bosque estaba lleno de osos. Por eso subí la montaña. Para ver a los osos. Había un refugio en la cumbre y llegué allí en el momento en que anochecía. Entré, encendí el fuego y me comí los bocadillos que había llevado, bebí un poco de vino, me metí en el saco de dormir e intenté dormir, pero mi condenado miembro no estaba de humor para dormir. Palpitaba y quería saber dónde estaba la acción, por qué habíamos subido a una montaña donde no había ninguna recompensa, cuál era mi propósito y cosas por el estilo. Entonces alguien, algún animal, comenzó a rascar la puerta. Debía de ser un lobo o un oso. Aparte de mí no había nada más en la montaña. Entonces le dije a mi miembro: «Si es una loba o una osa, quizá pueda solucionarte el problema.» Esto consiguió que se calmara, y conseguí dormir pero...

Entonces sonó la alarma general. Farragut nunca la había oído antes y no sabía qué alarma daba, pero era estruendosa, destinada obviamente a anunciar incendios, disturbios, el clímax y el final de las cosas. Sonó y sonó, hasta mucho después de que dejara de ser un anuncio, una advertencia, una alerta, una alarma. Sonaba como una aproximación a la locura, estaba fuera de control, tenía el control, y entonces alguien apretó el interruptor y siguió aquella breve, muy breve dulzura que aparece cuando cede el dolor. La mayoría de los gatos se habían escondido y los más listos se habían largado. *Bandido* estaba detrás del váter. Entonces se abrió la puerta de hierro y entró un grupo de guardias, liderados por Pequeñín. Vestían los impermeables amarillos que se suelen poner en las prácticas de incendio y todos llevaban porras.

—Cualquiera de vosotros que tenga gatos en las celdas que los eche fuera —ordenó Pequeñín.

Dos gatos al fondo de la galería se acercaron a Pequeñín, quizá convencidos de que tenía comida. Uno era grande, el otro pequeño. Pequeñín levantó la porra, muy alto, pilló al gato al final de la trayectoria y lo partió en dos. Al mismo tiempo, otro guardia aplastó al gato grande. Sangre, sesos y restos mancharon sus impermeables amarillos y la visión de la carnicería reverberó en todos los arreglos de la dentadura de Farragut; comenzaron a dolerle las fundas, los empastes, los puentes. Volvió la cabeza y vio que *Bandido* se alejaba hacia la puerta cerrada. Se sintió complacido ante esa muestra de inteligencia y por el hecho de que *Bandido* se había evitado el enfrentamiento que se había iniciado entre Pequeñín y el Pollo Número Dos.

—Echa ese gato afuera —le dijo Pequeñín al Pollo.

—No vas a matar a mi gato —replicó el Pollo.

—Ocho días encerrado en la celda —sentenció Pequeñín.

El Pollo no dijo nada. Se aferraba al gato.

—Te estás buscando el agujero —dijo Pequeñín—. Te estás buscando un mes en el agujero.

—Ya volveré y lo cogeré más tarde —se ofreció uno de los guardias.

Fue mitad y mitad. La mitad de los gatos vieron la carnicería y se largaron hacia la puerta cerrada. La otra mitad erró desconcertada. Olían la sangre de los suyos y algunas veces se la bebían. Dos de los guardias vomitaron y media docena de gatos acabaron muertos mientras se comían los vómitos. Los gatos que rondaban la puerta, a la espera de que los dejaran salir, fueron un blanco fácil. Cuando un tercer guardia comenzó a vomitar, Pequeñín dijo:

—Vale, vale, ya está bien por esta noche, aunque esto no me devolverá mi bistec. Que venga la brigada de incendios para limpiar todo esto.

Hizo una señal para que abrieran la puerta y, cuando se abrió, seis o quizá diez gatos escaparon, y Farragut pensó que eran invencibles.

La brigada de incendios apareció con cubos, palas y dos mangueras. Lavaron la galería y recogieron los gatos muertos con las palas. También lavaron las celdas. Farragut se subió a su camastro, se arrodilló y dijo:

—Benditos sean los mansos… —Pero no pudo recordar qué venía después.

Farragut era un drogadicto y consideraba que la conciencia de un opiómano era mucho más amplia, más vasta y representativa de la condición humana que la conciencia de alguien que no fuera adicto. La droga que él necesitaba era un destilado de la tierra, el aire, el agua y el fuego. Era mortal y su adicción era un bello símbolo de los límites de su mortalidad. Había sido iniciado en las drogas durante una guerra en una isla de clima sofocante, la podredumbre de la jungla hacía que le sudaran las partes velludas y el enemigo lo formaban asesinos. El médico de la compañía había pedido bidones de un jarabe para la tos, espeso y amarillo, y todas las mañanas el grupo de «enterados» se bebía una copa y marchaba al combate, drogado y en paz con la sofocación, el sudor y el asesinato. Luego vino la benzedrina y, entre la benzedrina y la ración de cerveza, pasó la guerra y regresó a sus playas, a su hogar y a su esposa. Pasó con la mayor inocencia de la benzedrina a la heroína, animado en su adicción por casi todas las voces que oía. Ayer había sido la era de la ansiedad, de ser un don nadie, y hoy, su día, su mañana, era la era del misterio y la aventura del chute. Su generación era la generación de la adicción. Era su escuela, su universidad, la bandera bajo la cual marchaba al combate. La declaración de la adicción estaba en todos los periódicos, las revistas y las voces que surcaban el aire. La adicción era la ley de los profetas de la época. Cuando comenzó a enseñar, él y el director del departamento se chutaban antes de la clase magistral, convencidos de que lo que el mundo esperaba de ellos sólo podía conseguirse con la esencia de una flor. Era un desafío y una respuesta. Los nuevos edificios de la universidad sobrepasaban la escala humana, la imaginación humana, los más delirantes sueños humanos. Los puentes que cruzaba para llegar a la universidad eran producto de los ordenadores, una especie de Espíritu Santo mecánico. Los aviones que lo llevaban desde su universidad a otra volaban tranquilamente a unas alturas donde los hombres perecían. No había ninguna explicación filosófica para el caso, excepto la destructividad de las ciencias que se enseñaban en los altos edificios que él veía a través de las ventanas del Inglés y la Filosofía. Había algunos hombres de tal estupidez que no reaccionaban ante esas criminales contradicciones y vivían vidas que carecían de conocimiento y dignidad. La memoria de su vida sin drogas era como la memoria de sí mismo como un joven rubio, medio desnudo, con un soberbio pantalón de franela, que caminaba por una playa blanca, entre el mar oscuro y un murete de granito jaspeado. Y recordarlo era despreciable. Una vida sin drogas parecía de hecho y en espíritu un punto remoto y vil; había que poner prismáticos sobre telescopios, lentes sobre lentes, para captar una figura sin importancia en un día de verano de un pasado muy lejano.

Pero en la vastedad de su conciencia de opiómano estaba —no mucho más grande que un grano de arena— el saber que si se cortaba su inspirador trato con las drogas, se enfrentaría a una muerte cruel y antinatural. En ocasiones, los congresistas y senadores visitaban la cárcel. Muy pocas veces se les enseñaba la cola de la metadona, pero las dos veces que por error se habían topado con la formación habían objetado que el sudor de la frente de los contribuyentes se desperdiciaría en financiar la nociva adicción de los reos. Sus protestas no habían surtido efecto, pero el sentimiento de Farragut hacia los senadores que visitaban la cárcel pasó a ser un odio asesino, pues esos hombres podían matarlo. El miedo a la muerte está para todos nosotros en todas partes, pero para la gran inteligencia del opiómano se encuentra maravillosamente reducido en la esencia de las drogas. Morir de hambre, quemado o ahogado en la dicha de un gran colocón no sería absolutamente nada. Las drogas se vinculaban con las más exaltadas experiencias, creía Farragut. Las drogas se vinculaban con la Iglesia. «Haced esto en memoria mía y dad gracias al Señor», decía el sacerdote, mientras ponía una anfetamina en la lengua del arrodillado. Sólo el opiómano comprende de verdad el dolor de la muerte. Cuando una mañana el enfermero que le daba a Farragut la metadona estornudó, para Farragut fue un funesto y espantoso sonido. El enfermero podía acabar en cama con un resfriado, y a la vista de la naturaleza de la burocracia de la cárcel, quizá no habría nadie más autorizado para repartir la droga. El sonido de un estornudo significaba la muerte.

El jueves hubo un registro para buscar contrabando y las galerías fueron declaradas zona prohibida hasta después de la cena. Alrededor de las ocho anunciaron los nombres de los infractores. Llamaron al Cornudo y a Farragut, y los enviaron al despacho del oficial de guardia. Habían encontrado dos cucharas, escondidas en la taza del váter de Farragut. Lo castigaron con seis días de confinamiento en su celda. Primero, Farragut se enfrentó a la sentencia con calma al considerar el dolor del encierro. Se dijo a sí mismo que podría soportar el encierro con dignidad. En aquel momento era el mejor mecanógrafo de la cárcel, respetado por su inteligencia, eficiencia y rapidez, y tenía que enfrentarse a la posibilidad de que en su ausencia pudieran poner a un mecanógrafo nuevo en el despacho. Su lugar, su trabajo, su autoestima se verían menoscabados. Podría haber llegado alguien aquella misma tarde en el furgón capaz de picar matrices de mimeógrafo el doble de rápido y usurparle su despacho, su silla, su mesa y su lámpara. Preocupado por la esclavitud del confinamiento y la amenaza a su autoestima,

Farragut volvió donde estaba Pequeñín, le tendió el papel con la sentencia y preguntó:

—¿Cómo recibiré mi dosis?

—Ya veré —respondió Pequeñín—. Supongo que la traerán de la enfermería. No te toca hasta mañana por la mañana.

Farragut no necesitaba la metadona en ese momento, pero la mañana amenazaba con modificar los hechos de la noche. Se desnudó, se metió en la cama y miró las noticias de la tele. Las noticias de las últimas dos semanas habían estado dominadas por una asesina. Tenía todas las características habituales. Ella y su marido vivían en una lujosa casa, en una comunidad exclusiva. La casa estaba pintada de blanco, costosos abetos crecían en el césped y los setos estaban soberbiamente cuidados. Su comportamiento era ejemplar. Enseñaba catequesis en la escuela dominical y había sido monitora de las niñas exploradoras. Sus tartas moka para la feria de la iglesia de la Trinidad eran famosas, y en las reuniones de la asociación de padres y maestros se expresaba con inteligencia, carácter y encanto.

—Oh, era tan amable —decían las vecinas—, tan amable, siempre iba perfecta, amaba tanto a su marido que no puedo imaginar...

Lo que no podían imaginar era que había asesinado a su marido, que había desangrado el cadáver y arrojado al váter la sangre, lo había lavado a fondo y había comenzado a rectificar y mejorar su físico. Primero había decapitado el cadáver y había reemplazado la cabeza con otra bien limpia de una segunda víctima. Luego había sustituido los genitales por los de su tercera víctima y los pies por los pies de una cuarta. Cuando invitó a una vecina para que viera a ese hombre perfecto se despertó la alarma. Entonces desapareció. Se estaban considerando las ofertas para explotar los restos con fines comerciales, pero hasta ahora no se había llegado a ningún acuerdo. Noche tras noche, los fragmentos de esta historia acababan con una visión panorámica de la tranquila casa blanca, los costosos abetos y el césped inmaculado.

Tendido en la cama, Farragut advirtió que su ansiedad comenzaba a crecer. Por la mañana le negarían su dosis. Se moriría. Lo asesinarían. Entonces recordó las veces en que su vida había estado amenazada. Primero su padre, que después de haber escrito el nombre de Farragut con la polla, había intentado borrarlo. Una de las historias favoritas de su madre era la de una noche, cuando el padre de Farragut invitó a cenar a un médico. Mientras cenaba descubrió que se trataba de un médico abortista y que lo habían invitado a cenar para que matara a Farragut. Esto, desde luego, no podía recordarlo, pero sí recordaba un día que caminaba por una playa con su hermano. Era en una de aquellas islas atlánticas. En un extremo de la isla había un estrecho llamado Chilton Gut.

—¿Un bañito? —le preguntó su hermano.

A su hermano no le gustaba nadar, pero era bien sabido

que Farragut se desnudaría y se zambulliría en el primer charco. Se quitó la ropa y estaba entrando en el mar cuando un desconocido, un pescador, se acercó a la carrera por la playa al tiempo que gritaba:

—¡Alto, alto! ¿Qué crees que estás haciendo?

—Iba a darme un baño —respondió Farragut.

—Estás loco —dijo el desconocido—. Está cambiando la marea e incluso si no te pilla la corriente lo harán los tiburones. Aquí no se puede nadar. Tendrían que poner un cartel... si te pillara la corriente, no durarías ni un minuto. Aquí no hay quien nade. Desperdician el dinero de los contribuyentes poniendo señales de tráfico, señales de velocidad, de ceda el paso, de stop, pero una trampa mortal como ésta no tiene ni un puñetero cartel.

Farragut le dio las gracias al desconocido y volvió a vestirse. Su hermano ya se había alejado. Eben debía de haber trotado o corrido porque estaba muy lejos. Farragut lo alcanzó y lo primero que le preguntó fue:

—¿Cuándo llega Louisa de Denver? Sé que me lo dijiste, pero lo he olvidado.

—El martes —respondió Eben—. Se quedará para la boda de Ruth.

Así que caminaron de regreso a la casa, muy entretenidos hablando de la visita de Louisa. Farragut recordó que se había sentido feliz de estar vivo. El cielo era azul.

En el centro de rehabilitación de Colorado, donde Farragut había sido confinado para curarse de su adicción, los médicos descubrieron que la heroína le había afectado el corazón. La cura duró treinta y ocho días, y antes de darle el alta le dieron instrucciones. Le daban el alta como paciente externo. Debido a su corazón no podía, durante seis semanas, subir escaleras, conducir un coche ni hacer ningún tipo de esfuerzo. Debía evitar los cambios bruscos de temperatura y sobre todo cualquier excitación. Cualquier tipo de excitación lo mataría. El médico utilizó entonces el ejemplo clásico del hombre que ha estado quitando nieve con la pala, entra en su caldeada casa y se pelea con la esposa. Tan rápido como una bala en la cabeza. Farragut voló hacia el este y el vuelo fue tranquilo. Cogió un taxi para ir a su apartamento, donde Marcia lo dejó entrar.

—Hola —dijo y se inclinó para besarla, pero ella apartó la cara—. Soy un paciente externo —añadió—. Dieta sin sal, bueno, no realmente sin sal, pero sin sal añadida. No puedo subir escaleras ni conducir, y tengo que evitar las excitaciones. Parece bastante fácil. Podríamos ir a la playa.

Marcia se alejó por el largo pasillo hasta el dormitorio y cerró de un portazo. El ruido fue como un bombazo, y por si acaso él no lo había oído, ella abrió la puerta y la cerró de golpe otra vez. El efecto en su corazón fue inmediato. Comenzó a marearse, a tener sudores fríos y a quedarse sin aire. Se tambaleó hasta el sofá de la sala y se tumbó. Le dolía demasiado y tenía demasiado miedo para comprender que el regreso al hogar de un drogadicto no podía ser romántico. Se quedó dormido. Comenzaba a desaparecer la luz del día cuando recuperó la conciencia. El corazón continuaba redoblando, tenía la visión borrosa y se sentía muy débil y asustado. Oyó que Marcia abría la puerta del dormitorio y que se acercaba por el pasillo.

—¿Necesitas algo? —preguntó. Su tono era asesino.

—Un poco de bondad —respondió él. Estaba indefenso—. Un poco de bondad.

—¿Bondad? —replicó ella—. ¿Esperas que sea bondadosa en un momento como éste? ¿Qué has hecho en tu vida para merecer bondad? ¿Qué me has dado a mí alguna vez? Trabajo. Una vida superficial y sin sentido. Polvo. Telarañas. Coches y mecheros que no funcionan. Mugre en la bañera, un váter con mierda, una reputación internacional de depravada sexual, clínicas para alcohólicos y drogadictos, piernas y brazos rotos, conmociones cerebrales y ahora un ataque cardíaco. He tenido que vivir con todo eso, y ahora esperas bondad...

El redoble del corazón fue a peor, su visión se nubló todavía más y se durmió, pero cuando despertó, Marcia estaba preparando algo en la cocina y él continuaba vivo.

Eben apareció de nuevo. Fue en una fiesta en Nueva York. Algunos de los invitados se marchaban y él estaba despidiéndolos desde una ventana abierta. Era una ventana grande y él estaba sentado en el alféizar. Debajo había un pequeño patio con una verja de hierro, con los barrotes moldeados como lanzas. Mientras estaba en la ventana, alguien lo empujó. Saltó o cayó de la ventana, no quedó ensartado en las lanzas de hierro y aterrizó de rodillas en la acera. Uno de los invitados que se marchaban se acercó para ayudarlo a levantarse y él continuó hablando de la próxima vez que se volverían a ver. Lo hizo para no mirar hacia la ventana para ver, si podía, quién lo había empujado. No lo quería saber. Se había torcido un tobillo y golpeado una rodilla, pero no quería pensar más en el incidente. Muchos años más tarde, cuando caminaban por el bosque, Eben le preguntó repentinamente:

—¿Recuerdas aquella fiesta en la casa de Sarah, cuando estabas borracho perdido y alguien te empujó por la ventana?

—Sí —respondió Farragut.

—Nunca te dije quién fue —comentó Eben—. Fue el hombre de Chicago.

Farragut pensó que su hermano se había incriminado a sí mismo con ese comentario, pero Eben parecía sentirse perdonado. Cuadró los hombros, levantó la cabeza hacia la luz, y comenzó a patear las hojas en el sendero.

Las luces y el televisor se apagaron. Tenis comenzó a preguntar:

—¿Se han ocupado de ti? ¿Se han ocupado de ti?

Farragut, tendido en el camastro, con la mente puesta en la mañana siguiente y su posible muerte, pensó que los muertos, comparados con los presos, tenían algunas ventajas. Los muertos al menos tenían memorias y pesares panorámicos, mientras que él, como preso, encontraba que sus recuerdos del brillante mundo eran intermitentes, fragmentarios y dependientes de los olores casuales: la hierba, el cuero de los zapatos, el olor del agua en las duchas. Poseía algunos recuerdos, pero borrosos y mal dispuestos. Al despertarse por la mañana, buscaba desesperadamente una palabra, una metáfora, un roce o un olor que le diera una referencia, pero casi siempre se quedaba solo, con la metadona, y su indomable polla. En la cárcel parecía ser un viajero, y haber viajado por tantos países extraños como para identificar esa aguda alienación. Era la sensación de que al despertar antes del alba, todo, comenzando por el sueño del que se había despertado, era extraño. Había soñado en otro idioma y sentía al despertar la textura y el olor de sábanas extrañas. A través de la ventana llegaba el olor extraño de un combustible extraño. Se lavaba con un agua extraña y herrumbrosa, se limpiaba el culo con un papel higiénico extraño y bárbaro y bajaba unas escaleras desconocidas para tomar un desayuno extraño y ofensivo. Eso era viajar. En la cárcel era lo mismo. Todo lo que veía, tocaba, olía y soñaba era cruelmente extraño, pero este continente o nación donde quizá pasaría el resto de sus días de vida no tenía bandera, himno, monarca, presidente, impuestos, fronteras o tumbas.

Durmió mal. Se sentía consumido. El Pollo Número Dos le llevó gachas y café, pero su corazón se estaba moviendo al ritmo de su reloj. Si la metadona no llegaba a las nueve, empezaría a morirse. No era algo a lo que pudiera ir, como a la silla eléctrica o a la horca. A las nueve menos cinco comenzó a gritarle a Pequeñín:

—Quiero mi dosis, es la hora de mi dosis, déjame que vaya a la enfermería para que me den mi dosis.

—El tipo tiene que atender a los que están en la cola —contestó Pequeñín—. El reparto a domicilio no empieza hasta más tarde.

—Quizá no hacen reparto a domicilio —dijo Farragut. Se sentó en el camastro, cerró los ojos e intentó perder el conocimiento. Eso duró unos minutos. Luego vociferó—: ¡Traedme mi dosis!

Pequeñín continuó ocupándose de las plantillas de tareas, pero Farragut apenas lo veía. El resto de los hombres que no habían ido a los talleres comenzaron a mirar. No había nadie más en la galería, excepto el Cornudo. Entonces apareció Chisholm, el oficial de guardia, con un par de funcionarios.

—Me han dicho que tenéis programado un numerito de síndrome de abstinencia —dijo.

—Sí —respondió Pequeñín—. No es idea mía.

No apartó la mirada de las plantillas.

—Sentaos en cualquier mesa vacía. El espectáculo está a punto de comenzar.

Farragut había comenzado a sudar por las axilas, el escroto y la frente. Luego el sudor fluyó por las costillas y le empapó el pantalón. Le ardían los ojos. Aún podía controlar los porcentajes. Perdería el cincuenta por ciento de la visión. Cuando el sudor era una riada, comenzó a temblar. El temblor comenzó por las manos. Se sentó sobre ellas, pero entonces la cabeza comenzó a menearse. Se levantó. Temblaba. Luego se le disparó el brazo derecho. Consiguió bajarlo. Se le levantó la rodilla izquierda. La obligó a bajar, pero se le levantó de nuevo y comenzó a subir y bajar como un pistón. Se tumbó y comenzó a dar cabezazos contra el suelo, en un intento por conseguir un dolor razonable. El dolor le daría paz. Cuando comprendió que no podía alcanzar el dolor de esa manera, comenzó la tremenda lucha por ahorcarse. Lo intentó quince o un millón de veces antes de conseguir poner la mano sobre la hebilla del cinturón. La mano se le disparó, y después de mucho bregar, la puso de nuevo sobre la hebilla y la desabrochó. Después, de rodillas, con la cabeza todavía en el suelo, quitó el cinturón de las trabillas. Había cesado el sudor. Lo sacudían convulsiones de frío. Incapaz siquiera de sostenerse sobre las rodillas, se arrastró por el suelo hasta llegar a la silla, pasó el cinturón por la hebilla para hacer un lazo y sujetó el cinturón a un clavo en la silla. Intentaba ahorcarse cuando Chisholm dijo:

—Descolgad a ese pesado y dadle su dosis.

Pequeñín abrió la puerta de la celda. Farragut no veía gran cosa, pero eso sí que lo vio, y en el instante en que se abrió la puerta se levantó de un salto, chocó con Pequeñín y ya tenía medio cuerpo fuera de la celda y corría hacia la enfermería cuando Chisholm lo tumbó de un silletazo. Despertó en la enfermería, con la pierna izquierda enyesada y la mitad de la cabeza vendada. Pequeñín estaba allí, vestido de paisano.

—Farragut, Farragut —preguntó—, ¿por qué eres un drogadicto?

Farragut no respondió. Pequeñín le palmeó la cabeza.

—Mañana te traeré unos cuantos tomates frescos. Mi esposa ha preparado cincuenta botes de salsa de tomate. Tomamos tomates para desayunar, comer y cenar. Pero todavía me quedan algunos. Te traeré unos cuantos mañana. ¿Quieres algo más?

—No, gracias —dijo Farragut—. Me apetecen los tomates.

—¿Por qué eres un drogadicto? —preguntó Pequeñín, y se marchó.

Farragut no se sintió desconcertado por la pregunta, pero sí provocado. Era natural que fuese un drogadicto. Había sido criado por contrabandistas. No de drogas duras, sino de estimulantes espirituales, intelectuales y eróticos sin licencia. Era el ciudadano, el producto de algún principado fronterizo como Liechtenstein. Su pasado carecía del escenario montañoso, pero su pasaporte estaba lleno de visados, lo suyo era el contrabando espiritual, hablaba mal cuatro idiomas y conocía las palabras de cuatro himnos nacionales. En una ocasión, estaba sentado en un café en Kizbühel con su hermano mientras una banda daba un concierto. Eben se levantó de pronto y apoyó el sombrero tirolés sobre su corazón. «¿Qué pasa?», preguntó Farragut, y

Eben respondió: «Van a interpretar el himno nacional.» Lo que iba a interpretar la banda era *Home on the Range*, pero Farragut lo recordó para ilustrar el hecho de que su familia se había esforzado en ser versátil en todas las coyunturas políticas, espirituales y eróticas. Eso ayudaba a explicar el hecho de que fuera un drogadicto.

Farragut recordaba a su madre bajando una escalera circular con un vestido de color coral bordado con profusión de perlas para ir a escuchar *Tosca*; y la recordaba despachando gasolina en la carretera principal a Cape Cod en aquel memorable punto del paisaje donde dominaban los pinos achaparrados y la cercanía del gran océano Atlántico se apreciaba en la palidez del cielo y el aire salado. Su madre no llegó a calzar zapatillas de tenis, pero sí que calzaba un zapato deportivo y su vestido era mucho más bajo por delante que por detrás. Recordaba que despreocupada y repetidamente rechazaba las invitaciones a cenar con los Trencher, quienes eran famosos en el pueblo por haber comprado, en el espacio de una semana, un órgano y un yate. Los Trencher eran millonarios —nuevos ricos—, tenían un mayordomo, pero los Farragut habían tenido varios —Mario, Fender y Chadwick— y ahora afirmaban disfrutar poniendo la mesa. Los Farragut eran la clase de personas que habían vivido en una mansión victoriana y cuando se perdió se habían ido a vivir de nuevo al viejo terruño familiar. Esto incluía una desvencijada y espléndida casa del siglo XVIII y la franquicia de dos gasolineras Socony que se levantaban delante de la casa donde había estado la famosa rosaleda de la abuela. Cuando se corrió la voz de que habían perdido todo su dinero y que iban a atender una gasolinera, la tía Louisa se presentó sin más en la casa, y, en medio del vestíbulo, exclamó:

—¡No puedes despachar gasolina!

—¿Por qué no? —preguntó la madre de Farragut.

El chófer de la tía Louisa entró cargado con un cajón de tomates y lo dejó en el suelo. Vestía pantalones de montar.

—Porque —dijo la tía Louisa— perderás a todos tus amigos.

—Todo lo contrario —replicó la madre de Farragut—. Descubriré quiénes son.

La crema de la generación posfreudiana era drogadicta. El resto eran aquellas reconstrucciones psiquiátricas que solías ver en el fondo de las habitaciones menos concurridas en los cócteles. Parecían estar intactos, pero si los tocabas en el lugar equivocado en el momento erróneo, se desplomaban en el suelo como un castillo de naipes. La drogadicción es sintomática. Los opiómanos lo saben. Farragut recordó a una compañera opiómana llamada Polly, cuya madre, con una carrera llena de altibajos, cantaba en los clubes y grababa discos. La madre se llamaba Corinne. Cuando Corinne estaba hundida y luchaba por ascender de nuevo, Farragut llevó a Polly a la gran presentación de su madre en Las Vegas. La presentación fue un éxito y Corinne pasó de ser una olvidada a la estrella que ocupaba el tercer lugar en las listas de ventas de todo el mundo, y si bien esto era importante, lo que él recordaba de Polly, que tenía problemas con su tamaño, era que se había comido todo el pan y la mantequilla que había en la mesa durante la primera crítica tanda de canciones de su madre, y cuando la tanda se acabó, todo el mundo se levantó y aplaudió, y Polly le cogió un brazo y dijo: «Ésa es mi mamá, ésa es mi querida mamá.» Así que ahí estaba la querida mamá, en un escenario que resplandecía con el fulgor de los diamantes y que sería la sonrisa del mundo, y ¿cómo podías cuadrar eso con las nanas y la lactancia si no era comiendo opio? Para Farragut, la palabra «madre» evocaba la imagen de una mujer que despachaba gasolina, asentía en las asambleas y golpeaba el atril con el mazo. Esto lo confundía y atribuía su confusión a las bellas artes, a Degas. Había una pintura de Degas de una mujer con un jarrón de crisantemos que para Farragut se había convertido en la representación de la gran serenidad de la «madre». El mundo continuaba urgiéndolo a que comparase a su madre, una famosa incendiaria, esnob, empleada de gasolinera y aficionada al tiro al plato, con la imagen de una extraña, con sus flores otoñales de olor amargo. ¿Por qué el universo alentaba esa diferencia? ¿Por qué lo habían animado a cultivar un campo de penas tan grande? A él no lo había traído la cigüeña desde alguna estrella, entonces ¿por qué él y todos los demás debían comportarse como si así hubiese sido? El opiómano sabe que no es así. Después de la extraordinaria reaparición de Corinne celebraron una gran fiesta y cuando él y Polly entraron, la querida mamá fue directamente hacia su hija, su única hija.

—Polly —dijo—, te hubiera matado. Te sentaste delante, justo delante de mí, y durante la primera tanda de canciones de mi gran reaparición te comiste toda una cesta de panecillos (ocho, los conté) y te acabaste la mantequilla de todos. ¿Cómo puedo seguir mis arreglos cuando estoy contando los panecillos que te comes? Oh, te hubiera matado.

Polly, arrancada de las estrellas, comenzó a llorar, por supuesto, y él la sacó de allí y se la llevó de regreso al hotel, donde se metieron unas cuantas rayas de una estupenda cocaína colombiana que les hizo sangrar la nariz. ¿Qué otra cosa podías hacer? Pero a Polly le sobraban quince kilos y a él nunca le habían gustado de verdad las mujeres gordas; en realidad, a él nunca le había gustado ninguna mujer que no fuera una rubia de ojos oscuros, que no hablara al menos otro idioma además del inglés, que no tuviera ingresos propios y que no pudiera recitar el juramento de las niñas exploradoras.

Su padre, el propio padre de Farragut, había querido acabar con su vida mientras estaba en el útero materno, y ¿cómo podía él vivir feliz con ese conocimiento sin el apoyo de aquellas plantas que extraían la sabiduría de la tierra? Su padre lo había llevado a pescar a los lagos y ríos, y le había enseñado a escalar montañas, pero cumplidas estas responsabilidades, se había despreocupado de su hijo y había dedicado la mayor parte de su tiempo a navegar por la bahía Travertine en un pequeño laúd. Hablaba de las veces que se las había tenido con grandes tormentas —la tempestad fuera de la costa de Falmouth era su favorita— pero, por lo que sabía Farragut, prefería las bahías seguras. Era uno de aquellos viejos yanquis que son muy diestros en el manejo de la caña y el trapo. Era fantástico con todos los cabos —obenques, drizas y amarres—, podía enrollar una manguera de jardín con una autoridad que a Farragut le parecía principesca. El viejo consideraba el baile —excepto un vals alemán con una mujer bonita— como algo detestable, pero el baile era lo que mejor describía su comportamiento marinero. En el instante en que soltaba amarras comenzaba una actuación tan ordenada, cortesana y elegante como cualquier pavana. Los chubascos, el navegar de bolina, los truenos y los relámpagos nunca rompían su ritmo.

¡Oh, heroína, ven conmigo! Cuando Farragut rondaba los veintiuno comenzó a dirigir el cotillón del *Nanuet*. El *Nanuet* había llegado al Nuevo Mundo en 1672. El jefe de la expedición era Peter Wentworth. Como su hermano Eben estaba ausente, Farragut era, después de su borracho y chalado padre, el principal descendiente masculino de Wentworth, así que dirigía el cotillón. Había sido un placer dejarle los surtidores a Harry —un inútil— y vestirse con el frac de su padre. De nuevo la emoción de vivir en un principado fronterizo y por supuesto el primer paso para convertirse en un opiómano. El frac de su padre le iba perfecto. Estaba hecho de paño negro, tan pesado como la tela de un abrigo, y Farragut creía que tenía una pinta extraordinaria con él. Iba a la ciudad en cualquier coche que funcionara, acompañaba a alguna damita, escogida por el comité por su riqueza y sus relaciones, hasta el palco central, y saludaba a sus ocupantes. Después bailaba durante toda la noche y por la mañana regresaba a la gasolinera.

Los Farragut eran de esa clase de personas que proclaman que se basan en la tradición, pero que realmente se basaban en la decidida búsqueda de una improvisación que funcionara sin las ataduras de la coherencia. Cuando aún vivían en la mansión, acostumbraban a cenar en el club los jueves y los domingos. Farragut recordaba una de aquellas noches. Su madre había llevado el coche hasta la puerta de la entrada. Era un descapotable, llamado Jordan Blue Boy, que su padre había ganado en una rifa. Su padre no estaba con ellos y probablemente se encontraba navegando en su laúd. Farragut subió al coche, pero su hermano permaneció en el escaloncito de la entrada. Eben era un joven muy apuesto, pero aquella noche su rostro estaba muy pálido.

—No iré al club —le dijo a su madre—, a menos que llames al jefe de comedor por su nombre.

—Su nombre —respondió la señora de Farragut— es Horton.

—Su nombre es señor Horton —afirmó Eben.

—Muy bien —asintió la señora de Farragut.

Eben subió al coche. La señora de Farragut no era una

conductora temeraria, pero le fallaba la vista y en la carretera era un peligro mortal. Ya había matado a un perro y tres
gatos. Eben y Farragut cerraron los ojos y no los abrieron
hasta oír el sonido de la gravilla de la entrada de coches del
club. Se sentaron a la mesa, y cuando el jefe de comedor se
acercó para saludarlos su madre preguntó:

—¿Con qué nos tentará esta noche, Horton?

—Perdón —dijo Eben.

Abandonó la mesa y se marchó a casa. Farragut se encontró a su hermano —un hombre hecho y derecho— llorando en su habitación; pero incluso Eben, su único hermano, había acabado siendo un incoherente. Años más
tarde, cuando acostumbraban a reunirse para tomar unas
copas en Nueva York, Eben llamaba al camarero con
unas palmadas. En una ocasión, cuando el jefe de camareros les había pedido que se marcharan y Farragut había
intentado explicarle a Eben que había maneras más senci-
llas y aceptables de llamar la atención de un camarero, Eben
le había respondido:

—No lo entiendo, sencillamente no lo entiendo. Lo único que quería era una copa.

El opio había ayudado a Farragut a recordar con serenidad el hecho de que aún no había cumplido los dieciséis la
primera vez que su padre amenazó con suicidarse. Estaba
seguro de la edad porque no tenía el carnet de conducir. Había regresado de la gasolinera y se encontró con la mesa
puesta para dos.

—¿Dónde está papá? —preguntó impetuosamente, porque el laconismo cultivado por los Farragut era ceremonioso y tribal, y uno pocas veces hacía preguntas.

Su madre suspiró y sirvió el picadillo de carne con huevos escalfados. Farragut ya había cometido la falta, así que continuó:

—Pero ¿dónde está papá?

—No estoy segura —respondió su madre—. Cuando bajé para preparar la cena me entregó un largo informe de acusación enumerando mis fracasos como mujer, esposa y madre. Había veintidós cargos. No los leí todos. Lo arrojé al fuego. Se mostró muy indignado. Dijo que se marchaba a Nagasakit para ahogarse. Seguramente habrá tenido que hacer autostop porque no se llevó el coche.

—Perdona —dijo Farragut con toda sinceridad. No pretendía ser sarcástico. Algunos de la familia seguramente lo habían dicho mientras agonizaban.

Subió al coche y se dirigió a la playa. Por eso recordaba que aún no había cumplido los dieciséis, porque había un agente de policía nuevo en el pueblo de Hepworth, que era el único que quizá podría pararlo y pedirle el carnet. El policía de Hepworth parecía tenérsela jurada a la familia por alguna razón. Farragut conocía a todos los otros policías de los pueblos que había a lo largo de la costa.

Cuando llegó a Nagasakit corrió hasta la playa. Era el final de la estación, el final del día, y no había bañistas, ni socorristas, nada en absoluto, sino un oleaje muy cansado de lo que ya era un océano contaminado. ¿Cómo podía saber si contenía a su padre, con perlas en lugar de ojos? Caminó a lo largo de la curva de la playa. El parque de atracciones todavía estaba abierto. Oyó la música que sonaba allí, nada seria y perteneciente del todo al pasado. Observó la arena para no llorar. Aquel año habían causado furor las sandalias japonesas y también había habido locura por los soldaditos con armadura. Había, como restos del verano, muchos soldaditos desmembrados y sandalias desparejadas por la arena. Desde el mar le llegaron sonidos como los de la respiración. La montaña rusa continuaba funcionando. Oyó el traqueteo de los vagones en las juntas de los raíles y alguna que otra risa muy estrepitosa: un sonido que parecía un desperdicio en aquel escenario. Abandonó la playa. Cruzó la carretera para ir a la entrada del parque de atracciones. La fachada correspondía a un período de la inmigración italiana. Los trabajadores de Italia habían levantado una pared de ladrillos y argamasa, pintada con los azafranes de Roma, y decorada con sirenas y conchas. Sobre la arcada estaba Poseidón con un tridente. Al otro lado de la pared giraba el tiovivo. No había nadie montado. La estrepitosa risa provenía de unas personas que miraban la montaña rusa. El padre de Farragut estaba en uno de los coches. Hacía como si bebiera de una botella vacía y como si estuviera considerando suicidarse en cada subida. Su payasada era un éxito. Su público estaba hechizado. Farragut se acercó al tipo que manejaba los controles.

—Aquél es mi padre —le dijo—. ¿Podría bajarlo?

La sonrisa que le dirigió el tipo fue profundamente compasiva. Cuando el coche que llevaba a su padre se detuvo en la plataforma, el señor Farragut vio a su hijo, el menor, el indeseado, el aguafiestas. Se bajó y fue al encuentro de Farragut, como sabía que debía hacer.

—Oh, papá —dijo Farragut—, no tendrías que hacerme esto en mis años de formación.

¿Oh, Farragut, por qué eres un drogadicto?

A la mañana siguiente, Pequeñín le llevó cuatro tomates grandes y él se sintió conmovido. Tenían un doloroso sabor a verano y libertad.

—Voy a presentar una demanda —le dijo a Pequeñín—. ¿Puedes conseguirme un ejemplar del código criminal de Gilbert?

—Puedo intentarlo —contestó Pequeñín—. Mishkin tiene uno, pero lo alquila por cuatro cartones al mes. ¿Tienes cuatro?

—Los tendré si algún día vuelve mi esposa —afirmó Farragut—. Presentaré una demanda, Pequeñín, pero no iré a por ti. Quiero ver a Chisholm y esos otros dos imbéciles comiendo salchichas y judías blancas con una cuchara durante cuatro años. Quizá lo consiga. ¿Tú declararás?

—Claro, claro —dijo Pequeñín—. Lo haré si puedo. No me gusta la manera que tiene Chisholm de divertirse viendo a los tipos con el mono. Haré lo que pueda.

—A mí me parece un caso muy sencillo —comentó Farragut—. Me condenaron unos representantes del Estado y la nación. Tres prestigiosos miembros de la profesión médica me recetaron un medicamento. Este medicamento me fue negado por el oficial de guardia, un empleado por el pueblo para supervisar mi condena. Luego él declaró que los estertores de mi muerte eran una pantomima. Fue así de sencillo.

—Bueno, puedes intentarlo —opinó Pequeñín—. Hace diez, quince años, un tipo al que le habían dado una paliza presentó una demanda y le pagaron todos los injertos de piel. Y Freddy *el Asesino*, cuando lo dejaron sin dientes, presentó una demanda y le dieron dos dentaduras postizas. Nunca las usaba, excepto cuando ponían pavo. Freddy era una estrella del baloncesto, pero eso fue mucho antes de que aparecieras tú. Hace veinticinco, veinticuatro años, aquí teníamos un equipo de baloncesto imbatible. Mañana es mi día libre, pero nos veremos pasado mañana. Farragut, ¿por qué eres un drogadicto?

Cuando le quitaron el vendaje de la cabeza, Farragut descubrió, por supuesto, que le habían afeitado el cráneo, pero no había ningún espejo en la enfermería y tampoco tenía que preocuparse por su aspecto. Intentó contar con los dedos cuántos puntos tenía en el cráneo, pero era incapaz de llevar la cuenta. Le preguntó al enfermero si sabía cuántos había.

—Oh, claro, claro —respondió el enfermero—. Tienes veintidós. Fui a buscarte a la galería F. Estabas tendido en el suelo. Tony y yo te cargamos en la camilla y te trajimos a la sala de curas.

El hecho de que él, Farragut, podía enviar a Chisholm, el oficial de guardia, a la cárcel le parecía una verdad evidente. La imagen del oficial de guardia comiendo salchichas y arroz con una cuchara se le apareció con la plácida serenidad de una obsesión consumada. Sólo era cuestión de tiempo. Le habían explicado que tenía la pierna enyesada porque se había roto un cartílago de la rodilla. Era incapaz de recordar que ya se había roto un cartílago de la rodilla en dos ocasiones anteriores en accidentes sufridos cuando esquiaba. Caminaría cojo el resto de su vida y se sentía profundamente satisfecho al pensar que el oficial de guardia había hecho un espectáculo de la agonía de su muerte y lo había convertido en un lisiado.

—Dímelo de nuevo —le pidió Farragut al enfermero—. ¿Cuántos puntos tengo en el cráneo?

—Veintidós, veintidós —contestó el enfermero—. Ya te lo dije. Sangrabas como un cerdo. Sé de lo que hablo porque en otros tiempos mataba cerdos. Cuando Tony y yo fuimos a tu galería, había sangre por todas partes. Tú estabas tendido en el suelo.

—¿Quién más estaba? —preguntó Farragut.

—Pequeñín, naturalmente —respondió el enfermero—. Chisholm, el oficial de guardia, el teniente Sutfin y el teniente Tillitson. También había otro tipo en la galería. No sé quién era.

—¿Repetirías todo lo que has dicho ante un abogado? —preguntó Farragut.

—Claro, claro, es lo que vi. Soy un hombre sincero. Siempre digo lo que veo.

—¿Podría ver a un abogado?

—Claro, claro —dijo el enfermero—. Vienen una o dos veces por semana. Hay un Comité para la Protección Legal de los Internos. La próxima vez que venga uno le hablaré de ti.

Unos pocos días más tarde, un abogado se acercó a la cama de Farragut. Tenía el pelo y la barba tan crecidos que a Farragut le resultó imposible calcular su edad ni ver cómo era su cara, aunque no tenía canas en la barba. Su voz era suave. Su traje marrón se veía raído, tenía el zapato derecho sucio de barro y mugre en dos uñas. El dinero invertido en su educación nunca había sido recuperado.

—Buenos días —dijo—. Veamos, veamos. Lamento haberme demorado tanto, pero no me avisaron hasta hace dos días de que necesitaba ayuda legal. —Llevaba un portafolios con un montón de hojas—. Aquí están sus antecedentes. Creo que aquí figura todo. Robo a mano armada. Condenado a diez años. Reincidente. Es usted, ¿no?

—No —respondió Farragut.

—¿Robo? —preguntó el abogado—. ¿Allanamiento con fines criminales?

—No —contestó Farragut.

—Pues en ese caso, usted debe de ser el homicida en

segundo grado. Fratricidio. Intentó escapar el 18 y se le aplicaron medidas disciplinarias. No tiene más que firmar esta declaración y no se presentarán cargos.

—¿Cargos por qué?

—Intento de fuga —dijo el abogado—. Podrían caerle siete años. Pero si firma esta declaración, todo el asunto quedará olvidado.

Le pasó a Farragut el portafolios y una pluma.

—No intenté escapar —replicó—, y tengo testigos. Estaba en la planta baja de la galería F, en la sexta celda de una cárcel de máxima seguridad. Intenté salir de mi celda, impulsado por la necesidad de conseguir un medicamento recetado. Si el intento de salir de tu celda en una prisión de máxima seguridad se considera un intento de fuga, esta cárcel es un castillo de naipes.

—Vaya —dijo el abogado—. ¿Por qué no reforma el Departamento Correccional?

—El Departamento Correccional —afirmó Farragut— no es más que un brazo de la judicatura. No son el alcaide y los capullos de los funcionarios quienes nos condenan a la cárcel. Es la judicatura.

—Ay, ay, ay —exclamó el abogado—. Tengo un dolor de espalda tremendo. —Se inclinó hacia adelante rígidamente y se dio un masaje en la espalda con la mano derecha—. Me duele la espalda de comer hamburguesas con queso. ¿Conoce algún remedio casero para las contracturas de espalda causadas por las hamburguesas con queso? Firme la declaración y lo dejaré en paz a usted y a sus opiniones. ¿Sabe lo que dicen de las opiniones?

—Sí —respondió Farragut—. Las opiniones son como los culos. Todos tenemos uno y todos huelen.

—Sí, señor —dijo el abogado. Su voz sonó muy alegre y juvenil. Farragut escondió la pluma debajo de la sábana—. ¿Conoce a Charlie? —preguntó el abogado con una voz suave, muy suave.

—Lo he visto en el comedor —contestó Farragut—. Sé quién es. Sé que nadie le habla.

—Charlie era un gran tipo —dijo el abogado—. Trabajaba para Pennigrino, el chulo. Charlie era quien disciplinaba a las chicas. —Ahora su voz no era más que un susurro—. Cuando una chica se descarriaba, Charlie le partía las piernas. ¿Quiere jugar al Scrabble con Charlie o firmará esta declaración?

Farragut, con un rápido y matemático cálculo de los posibles cargos involucrados, le arrojó el portafolios a la barba.

—Oh, mi espalda —gritó el abogado—. Oh, Dios, mi espalda.

Se levantó con el portafolios en la mano. Metió la mano derecha en el bolsillo. No pareció advertir la pérdida de la estilográfica. No habló con el enfermero o los guardias, se marchó sin más de la enfermería. Farragut comenzó a insertarse la pluma por el culo. Por lo que le habían dicho —por lo que él conocía del mundo—, su culo era singularmente pequeño, poco receptivo y frígido. Consiguió introducir la pluma sólo hasta el capuchón y fue doloroso, pero la pluma estaba oculta. Llamaron al enfermero y cuando regresó se acercó directamente a Farragut y le preguntó si tenía la estilográfica del abogado.

—Sé que le arrojé el portafolios —dijo Farragut—. Lo siento mucho. Perdí los estribos. Espero no haberle hecho daño.

—Dice que se dejó la pluma aquí —insistió el enfermero.

Miró debajo de la cama, en el cajón de la mesita, debajo de la almohada, en el alféizar y debajo del colchón. Luego un guardia se sumó a la búsqueda, deshicieron la cama, desnudaron a Farragut e hicieron algunos comentarios desdeñosos sobre el tamaño de su polla, pero ninguno de los dos —quizá por bondad, pensó Farragut— se acercó a la pluma.

—No la encuentro —se quejó el enfermero.

—Tenemos que encontrarla —afirmó el guardia—. Dice que tenemos que encontrarla.

—Pues dile que venga a buscarla él —replicó el enfermero.

El guardia salió y Farragut tuvo miedo de que reapareciera el de la barba, pero el guardia volvió solo y habló con el enfermero.

—Te han ascendido —le dijo el enfermero a Farragut con un tono muy triste—. Te pondrán en una habitación privada.

Le pasó las muletas a Farragut y lo ayudó a levantarse y

a ponerse el camisón. Farragut avanzó con un torpe balanceo, apoyado en las muletas y con la pluma metida en el culo, detrás del guardia. Salieron de la sala de curas y caminaron por un pasillo que apestaba a cal viva hasta una puerta con tranca y candado. El guardia tuvo problemas con la llave. Era una celda muy pequeña con una ventana demasiado alta para ver nada, un váter, una Biblia y un colchón con una sábana y una manta plegadas.

—¿Cuánto tiempo? —preguntó Farragut.

—El abogado te la ha alquilado por un mes —respondió el guardia—, pero he visto que Pequeñín te traía unos tomates, y si eres amigo de Pequeñín, saldrás en una semana.

Salió y cerró con la tranca y el candado.

Farragut se sacó la estilográfica del culo. Con ese precioso instrumento acusaría a Chisholm, y lo vio claramente en su tercer año de cárcel comiendo salchichas y arroz con una cuchara de estaño torcida. Necesitaba papel. No había papel higiénico. Si lo pedía, le darían con suerte, lo sabía, un servicio al día. Cogió la Biblia. Era un ejemplar pequeño, encuadernado en pastas rojas, pero las páginas finales eran de un negro clerical y en el resto de las páginas había tanto texto que no podía escribir en ellas. Quería escribir la acusación contra Chisholm ya. Que el abogado se hubiese mostrado decidido a negarle una estilográfica quizá había exagerado la importancia de escribir la acusación, pero la única alternativa era redactar la acusación y guardarla en su memoria, y dudaba de su capacidad para conseguirlo. Tenía la pluma, pero la única superficie donde podría escribir parecía ser la pared de la celda. Podía escribir la acusación allí y después aprendérsela de corrido, pero una parte de su formación y su influencia en su carácter le impedía utilizar la pared como una página. Era un hombre, conservaba al menos algo de dignidad, y escribir aquello que podía ser su última declaración en una pared le pareció una explotación indebida de una situación ridícula. No había perdido su respeto por lo que es debido. Podía escribir en el yeso, en la ropa interior o en la sábana. El yeso quedaba descartado a la vista de que sólo podía llegar hasta la mitad de la superficie y el tipo de superficie del yeso sólo le prestaba un espacio muy limitado. Escribió unas pocas palabras en el camisón. En el instante en que la punta de la estilográfica tocó la tela, la tinta puso de relieve la complejidad del tejido, la elaborada trama de aquella prenda tan simple. El camisón quedaba descartado. Su prejuicio contra la pared seguía siendo muy fuerte, así que probó con la sábana. La lavandería de la prisión, afortunadamente, había utilizado el almidón con generosidad y comprobó que la superficie de la sábana podía reemplazar el papel sin problemas. Él y la sábana estarían juntos por lo menos una semana. Podía cubrir la sábana con sus comentarios, pulirlos y corregirlos, y luego aprendérselos de memoria. Cuando regresara a la galería F y a la oficina, podría escribirlos a máquina y hacer que los enviaran a su gobernador, a su obispo y a su chica.

«Excelentísimo señor —comenzó—: Me dirijo a usted

en su cargo electivo desde mi posición de elector. Usted ha sido elegido para el cargo de gobernador por una escasa mayoría de la población. Yo he sido elegido para ocupar la galería F y llevar el número 734-508-32 por una fuerza mucho más antigua, exaltada y unánime, la fuerza de la justicia. No tengo, por así decirlo, ningún oponente. Sin embargo, soy un ciudadano. Como contribuyente he hecho un sustancial aporte a la construcción y el mantenimiento de los muros que me confinan. He pagado por las prendas que visto y la comida que como. Soy un representante electo de la sociedad mucho más representativo que usted. Hay, en su carrera, notables rastros de oportunismo, evasión, corrupción e improvisación. El puesto electo que ocupo es puro.

»Provenimos, por supuesto, de clases diferentes. Si los legados intelectuales y sociales fuesen reverenciados en este país, no se me ocurriría dirigirme a usted, pero estamos en una democracia. Nunca he tenido el placer de su hospitalidad, aunque he sido invitado en dos ocasiones a la Casa Blanca como delegado de conferencias de educación superior. Creo que la Casa Blanca es palaciega. Aquí mis habitaciones son espartanas, de dos metros por tres y dominadas por un váter cuya cisterna se descarga caprichosamente entre diez y cuarenta veces al día. Me resulta fácil soportar el ruido del agua que corre porque he visitado los géiseres en el Parque Nacional de Yellowstone, las fuentes de Roma, Nueva York y especialmente Indianápolis.

»En algún momento de abril, hace doce años, los docto-

res Lemuel Brown, Rodney Coburn y Henry Mills diagnosticaron que era un drogadicto crónico. Estos hombres eran
graduados de Cornell, la Facultad de Medicina de Albany y
la Universidad de Harvard, respectivamente. Su posición
como profesionales de la salud estaba sancionada por los
gobiernos del Estado y federal y las organizaciones de sus
colegas. Sin duda, cuando hablaron, la opinión médica
expresada fue la voz de la comunidad. El jueves, 18 de julio, esta opinión indiscutible fue contravenida por el oficial
de guardia Chisholm. He comprobado los antecedentes de
Chisholm. Abandonó el instituto en su primer año, compró las respuestas para el examen de admisión para empleados correccionales por doce dólares y el Departamento
Correccional le otorgó una posición de dominio absoluto
sobre mis derechos constitucionales. A las nueve de la mañana del día 18, Chisholm decidió caprichosamente saltarse las leyes del Estado, del gobierno federal y la ética de la
profesión médica, una profesión que sin duda es una parte
básica de nuestra estructura social. Chisholm decidió negarme la medicina a que la sociedad había determinado que
tenía derecho. ¿Esto no es una subversión, una traición, no
es una traición de lesa majestad, ya que los edictos de la
Constitución son despreciados por el capricho de un único
hombre carente de educación? ¿No es una ofensa punible
con la muerte o en algunos estados merecedora de cadena
perpetua? ¿No es esto un precedente mucho más destructivo a largo plazo que un fracasado intento de asesinato?

¿No ataca de una manera mucho más asesina el corazón de nuestra duramente ganada y antigua filosofía de gobierno que la violación o el homicidio?

»La corrección del diagnóstico de los doctores fue, por supuesto, corroborada. El dolor que sufrí por la privación de aquella medicina que me otorgó la más alta autoridad sobre la tierra fue mortal. Cuando el oficial de guardia vio mi intento de abandonar mi celda para ir a la enfermería intentó matarme con una silla. Tengo veintidós puntos de sutura en el cráneo y estaré lisiado para el resto de mi vida. ¿Están nuestras instituciones penales, de corrección y rehabilitación, excluidas de las leyes que la humanidad ha considerado justas y necesarias para la continuación de la vida en este continente y, por cierto, en este planeta? Quizá se pregunte qué estoy haciendo en la cárcel y me sentiré muy complacido de comunicárselo, pero consideré que mi deber era informarle primero de esta traición criminal, de este cáncer que vive en el seno de su administración.»

Apenas si hizo una pausa entre su carta al gobernador y la carta al obispo.

«Su eminencia —escribió—. Me llamo Ezekiel Farragut y fui bautizado en la Iglesia de Cristo a la edad de seis meses. Si es necesaria una prueba, mi esposa tiene una foto mía tomada, creo que no aquel mismo día, pero sí muy poco después. Llevaba un faldón con bordados y encaje que debió hacer historia. Mi cabeza es calva, protuberante y parece un huevo de zurcir. Estoy sonriendo. Fui confirmado a la edad de once años por el obispo Evanston en la misma iglesia donde me bautizaron. He continuado comulgando todos los domingos de mi vida, excepto en las ocasiones en que no pude encontrar una iglesia. En las ciudades de provincias y capitales de Europa asistí a misa. Soy *croyant* —detesto el uso de palabras francesas en nuestro idioma, pero en este caso no se me ocurre ninguna mejor—, y como *croyants* estoy seguro de que compartimos el conocimiento de que profesar una exaltada experiencia religiosa fuera del paradigma eclesiástico es convertirse en un paria; y con eso me refiero a oír las crueles risas de los hombres y mujeres a los que miramos en busca de amor y misericordia; me refiero al dolor del fuego y el hielo; me refiero a la desolación de ser enterrado en una encrucijada con una estaca atravesada en el corazón. Creo sinceramente en Dios Padre Todopoderoso, pero sé que decirlo en voz alta, y a cualquier distancia del presbiterio —a cualquier distancia—, dificultará peligrosamente mi capacidad para congraciarme con los hombres y las mujeres con quienes deseo vivir. Estoy intentando decir —y estoy seguro de que estará de acuerdo conmigo— que, si bien estamos dispuestos para la experiencia trascendental, sólo podemos afirmar esto en el momento adecuado y dispuesto y en el lugar adecuado y dispuesto. No podría vivir con este conocimiento, de la misma manera que no podría vivir sin la emocionante posibilidad de encontrarme súbitamente con la fragancia del escepticismo.

»Soy un preso. Mi vida sigue de muy cerca las tradicionales vidas de los santos, pero me parece que he sido despojado de la bendita compañía de todos los hombres y las mujeres de fe. He rezado por los reyes, los presidentes y los obispos, pero nunca he pronunciado una oración por un hombre en la cárcel, ni tampoco he oído nunca un himno que mencione la cárcel. Nosotros los presos, más que cualquier otro, hemos sufrido por nuestros pecados, hemos sufrido por los pecados de la sociedad, y nuestro ejemplo debería purificar los pensamientos en los corazones de los hombres por el dolor que padecemos. Somos, de hecho, la palabra hecha carne; pero lo que deseo es poner en su conocimiento una gran blasfemia.

»Como su eminencia bien sabe, la imagen más universal de la humanidad no es el amor o la muerte, es el día del Juicio Final. Esto se ve en las pinturas rupestres de la Dordoña, en las tumbas de Egipto, en los templos de Asia y Bizancio, en la Europa renacentista, Inglaterra, Rusia y el Cuerno de Oro. Aquí la Divinidad tamiza las almas de los hombres, concede a los verdaderamente puros una serenidad infinita y sentencia a los pecadores al fuego, al hielo y algunas veces a las meadas y la mierda. La costumbre social nunca es válida cuando se encuentra esta visión, y la encontramos en todas partes. Incluso en Egipto los candidatos a la inmortalidad incluyen las almas de aquellos que se podían comprar y vender en el mundo de los vivos. La Divinidad es la llama, el corazón de esta visión. Una cola se acerca a la Divinidad, siempre por la derecha; no importa de qué país, época o siglo se informe de la visión. A la izquierda, entonces, se ven los castigos y las recompensas. El castigo y el tormento son, incluso en los más primitivos ejemplos, pintados con mucho más apasionamiento que la paz eterna. Los hombres pasaban sed, ardían en la hoguera y les daban por culo con mucha más fuerza y pasión que a la hora de tocar el arpa y volar. La presencia de Dios mantiene unido el mundo. Su fuerza, Su esencia, es juicio.

»Todo el mundo sabe que los únicos sacramentos son el pan y el agua. El velo nupcial y la alianza de oro llegaron sólo ayer, y como una encarnación de la visión del amor, el sagrado matrimonio sólo es un anticipo de las infernales consecuencias que derivan de afirmar que una visión se puede representar con el pensamiento, la palabra y la obra. Aquí, en mi celda, lo que uno ve en las cuevas, en las tumbas de los reyes, en los templos e iglesias de todo el planeta es realizado por hombres, por cualquier clase de hombres que el siglo pasado pudo haber engendrado. Zopencos, carceleros y papanatas: son ellos quienes han construido estas cavernas del infierno y, con el habitual desprecio de la pasión, los campos del paraíso al otro lado del muro. Ésta es la obscenidad, ésta es la indescriptible obscenidad, esta estúpida ostentación del juicio que, más sutil que el aire o el gas, llena estas celdas con el tufo de hombres que se matan los unos a los otros sin que se pueda mencionar ninguna razón legítima. Denuncie esta blasfemia cardenal. Su eminencia, desde la espalda de su águila de grandes alas.»

«Oh, amor mío —escribió sin solución de continuidad a la chica con la que había vivido durante dos meses cuando Marcia había abdicado y se había trasladado a Carmel—. Anoche, mientras miraba una serie de televisión, vi a una mujer que tocaba a un hombre con familiaridad —un leve toque en el hombro— y me tendí en la cama presa del llanto. Nadie me vio. Los presos, por supuesto, sufren una pérdida de identidad, pero este leve toque me brindó una terrorífica percepción de la profundidad de mi locura. Excepto conmigo mismo, realmente no hay nadie aquí con quien pueda hablar. Excepto a mí mismo, no hay nada que pueda tocar que sea afectuoso, humano y comprensivo. Mi razón, con sus grandes reclamaciones de fuerza, luz y utilidad, está totalmente inválida sin el calor de los sentimientos. Me veo forzado a una nada obscena. No amo, no soy amado, y sólo puedo recordar débilmente, muy débilmente, el éxtasis del amor. Si cierro los ojos e intento rezar, caeré en el torpor de la soledad. Intentaré recordar.

»Al recordar, amor mío, intentaré evitar determinados polvos, lugares, prendas o proezas de mutua comprensión. Recuerdo el regreso a Daniele, en el Lido, después de un fantástico día de playa donde ambos habíamos sido solicitados por todos. Fue a aquella hora cuando la terrible, la increíblemente terrible orquesta comenzó a tocar aquellos terribles, terribles tangos, y las bellezas de la velada, los chicos y las chicas, con sus prendas a medida, comenzaron a aparecer. Puedo recordar esto pero no escojo hacerlo. Los paisajes que acuden a mi mente son desagradablemente próximos a los que encuentras en las postales —la cabaña rodeada de nieve es recurrente—, pero me gustaría decidirme por algo inconcluso. Se acaba la tarde. Hemos pasado el día en la playa. Lo sé porque estamos quemados por el sol y tengo arena en los zapatos. Un taxi —un carruaje de alquiler— nos ha llevado a una estación de ferrocarril de provincias, un lugar aislado. Y nos ha dejado allí. La estación está cerrada y no hay ninguna ciudad, ninguna granja, ninguna señal de vida en todo el lugar, excepto un perro vagabundo. Cuando miro el horario colgado en la pared de la estación me doy cuenta de que estamos en Italia, aunque no sé dónde. He escogido este recuerdo porque hay muy pocas referencias concretas. Puede ser que hayamos perdido el tren, que no haya tren o que el tren llegue con retraso. No lo recuerdo. Ni siquiera recuerdo la risa, un beso o pasar mi brazo por tus hombros mientras estamos sentados en el duro banco de una desierta estación de ferrocarril de provincias, en algún país donde no se habla nuestro idioma. Se iba a la luz, pero se iba, como hace a menudo, con una fanfarria. Todo lo que recuerdo de verdad es sentir tu compañía y sentir satisfacción física.

»Supongo que estoy tratando de cosas románticas y eróticas, pero creo que estoy tratando de muchas más cosas. Lo que recuerdo, esta noche en esta celda, es estar esperando en alguna habitación a que acabes de vestirte. Oigo un sonido que llega del dormitorio cuando cierras un cajón. Oigo el sonido de tus tacones —el suelo, la alfombra, las baldosas del baño— cuando vas allí para descargar la cisterna. Luego oigo de nuevo el sonido de los tacones —ahora un poco más rápidos— cuando abres y cierras otro cajón y luego te acercas a la puerta de la habitación donde espero, cargada con los placeres de la tarde, la noche y la vida que tenemos en común. Y recuerdo el deseo de cenar en un dormitorio, en el piso de arriba, mientras tú haces las últimas cosas antes de servir la cena, mientras oigo cómo rozas una fuente de porcelana con una olla. Eso es lo que recuerdo.

»Recuerdo también cuándo nos conocimos, y hoy y siempre me sentiré asombrado por la perspicacia con la que un hombre puede, en un atisbo, juzgar el alcance y la belleza de la memoria de una mujer, sus gustos en cuanto a colores, comidas, climas y lenguajes, las exactas dimensiones clínicas de sus órganos y vías viscerales, craneales y reproductivos, el estado de sus dientes, pelo, piel, uñas, visión y bronquios, que puede, en un segundo, sentirse exaltado por el diagnóstico del amor, apoderarse del hecho de que ella está hecha para él o que están hechos el uno para el otro. Hablo de un atisbo y la imagen parece ser transitoria, aunque esto no es tan romántico como lo es a nivel práctico, dado que estoy pensando en una extraña, vista por un extraño. Habrá escaleras, esquinas, pasarelas, ascensores, puertos, aeropuertos, algún lugar entre una parte y otra y donde te vi por primera vez, vestida de azul y buscando el pasaporte o un cigarrillo. Entonces te perseguí a través de la calle, a través del país y alrededor del mundo, absoluta y correctamente informado del hecho de que pertenecíamos a los brazos del otro, tal como fue.

»No eres la mujer más hermosa que haya conocido, pero cuatro de las grandes bellezas que he conocido murieron por su propia mano y si bien esto no significa que todas las grandes bellezas que he conocido se hayan matado, cuatro es un número que hay que tener en cuenta. Quizá esté intentando explicar el hecho de que, si bien tu belleza no es grande, es muy práctica. No tienes nostalgia. Creo que la nostalgia es una característica femenina primaria y tú no la tienes en absoluto. Tienes una marcada falta de profundidad sentimental, pero tienes un brillo, una calidad de luz, que no se puede igualar. Todos lo saben, todos lo ven, todos reaccionan ante ella. Soy incapaz de imaginarla eclipsada. Tu coordinación física en los deportes puede ser muy deprimente. Me machacas en un partido de tenis e incluso puedes ganarme ensartando herraduras, pero lo que sí recuerdo es que no eras agresiva. Recuerdo haber ido a pescar contigo en Irlanda. ¿Lo recuerdas? Nos alojamos en aquella hermosa mansión, con una multitud internacional que incluía varios barones alemanes con monóculos. Las doncellas con cofia servían el té. ¿Lo recuerdas? Mi paje estaba enfermo aquel día y fuimos solos a lo largo del arroyo —era el Dillon— hasta un recodo donde había un pequeño cartel donde decía que no podías pescar más de un salmón grande al día. Por encima del recodo del arroyo se alzaba una colina y en la colina estaban las ruinas de un castillo, con un árbol enorme que asomaba por la torre más alta, y en las ruinas del gran salón, enjambres y enjambres de abejorros libaban el néctar de una hiedra que estaba cubierta de flores blancas. No entramos en el salón del castillo porque no queríamos que nos picaran, pero recuerdo que me alejé del castillo y pude oler el fuerte perfume de las flores blancas y el fuerte, fuerte ruido de los abejorros —era como el sonido de una anticuada máquina con una cinta transportadora de cuero— que se oía durante todo el trayecto, colina abajo, hasta la orilla del arroyo, y recuerdo haber mirado el verdor de las colinas y tu resplandor y las románticas ruinas, y escuchar el zumbido de los abejorros y preparar el sedal y dar gracias a Dios de que esto no me hubiese sucedido antes en la vida porque hubiese significado el final. Me refiero a que me habría convertido en uno de esos idiotas que se sientan en los cafés con las miradas perdidas porque han escuchado la música de las esferas. Así que lancé mi sedal, consciente en todo momento de que con tu coordinación hubieses lanzado el sedal mucho mejor que yo, mientras tú estabas sentada en la ribera, con las manos cruzadas sobre la falda, como si desearas haber llevado tu bordado aunque, hasta donde yo sé, no has cosido un botón en tu vida. Entonces pesqué un salmón grande y hubo una gran tormenta y nos empapamos, y luego nos desnudamos y nadamos en el arroyo, que estaba más caliente que la lluvia, y después nos sirvieron el salmón aquella noche con un limón en la boca, pero lo que intento decir es que no eras agresiva y recuerdo que nunca discutimos. Recuerdo una vez que te miraba en la habitación de un hotel y pensaba que si te amaba tan absolutamente debíamos discutir, y si no me atrevía a discutir, quizá no me atrevía a amar. Pero te amaba y no discutíamos y no soy capaz de recordar nuestras discusiones, nunca, nunca, ni siquiera cuando yo estaba a punto de correrme y tú sacaste la lengua de mi boca y dijiste que aún no te había dicho si debías llevar un vestido largo o corto a la fiesta de cumpleaños de Pinham. Nunca.

»Recuerdo un lugar montañoso en el invierno, en vísperas de unas vacaciones, donde se habían reunido miles de personas para esquiar y se esperaban a miles más que llegarían en los aviones y trenes de última hora. Recuerdo los hoteles, aquellas habitaciones excesivamente caldeadas y los libros que las personas dejaban y la excitación galvánica de la proximidad física. Estábamos en la cama, cuando se produjo —alrededor de medianoche— una brusca subida de la temperatura. La nieve que se derretía en el tejado goteaba sonoramente; la tortura de la gota para el posadero y la música aguafiestas para todos los demás. Así que por la mañana hacía mucho calor de acuerdo con las normas o medidas utilizadas en el país que fuera. La nieve estaba lo bastante esponjosa para hacer bolas, así que hice una y la lancé contra un árbol, no recuerdo si acerté o erré, pero más allá de la bola de nieve vimos el cálido cielo azul y la nieve que se fundía por todas partes. Sin embargo, haría más frío en las montañas, en las laderas y cumbres blancas que nos rodeaban. Subimos en el remonte, pero incluso en la cumbre la nieve se derretía, el día era desastroso. Espiritualmente, financieramente, éramos prisioneros de nuestro entorno, aunque de haber tenido dinero podríamos haber volado a alguna otra parte más fría del mundo. Incluso en la cumbre de la montaña la nieve era esponjosa, el día era de primavera, y yo esquiaba semidesnudo, pero las pistas húmedas eran peligrosas, rápidas en la sombra, lentas al sol, y en las altitudes bajas había un par de centímetros de agua en cada declive. Entonces, alrededor de las once, cambió el viento y tuve que ponerme de nuevo la ropa interior, la camisa, todo lo que tenía, y con la misma celeridad las pistas se convirtieron en hielo y uno a uno los vigilantes colocaron los carteles de CERRADO en siete idiomas, y se oyó primero el rumor y después la confirmación de que el primer ministro italiano se había matado durante un descenso por el Glokenshuss. No había nadie subiendo en el remonte y había cola para bajar, y mientras las pistas más bajas todavía no se habían helado y seguían siendo practicables aquel día, aquellas vacaciones, aquel clímax del año estaba arruinado. Pero entonces, exactamente cuando el sol alcanzó el cenit, comenzó a nevar. Era una nevada muy fuerte y hermosa que, como una yuxtaposición de la gravedad, parecía situar la cordillera fuera del planeta. Tomamos café o *schnapps* en una cabaña —esperamos veinte minutos o media hora—, y entonces había una capa de nieve perfecta en los senderos más bajos y después de una hora había una capa perfecta en todas partes, quizá unos diez centímetros, que se levantaba como la espuma cuando girábamos. Un regalo, una epifanía, una indescriptible mejora en nuestra maestría en aquellas pendientes nevadas. Luego fuimos arriba y abajo, arriba y abajo, nuestras fuerzas inagotables, nuestros giros cerrados y perfectos. Los psiquiatras dirían que estábamos esquiando por todas las laderas de nuestras vidas hasta el instante de nuestro nacimiento; y los hombres de buena voluntad y sentido común dirían que estábamos esquiando en todas las direcciones posibles hacia la comprensión del triunfo de nuestros principios y nuestros finales. Cuando esquías, caminas por las playas, nadas, navegas, subes las escaleras con la compra hasta una casa iluminada, te bajas los pantalones en una gran incongruencia anatómica, besas una rosa. Aquel día esquiamos —las laderas no estaban iluminadas— hasta que del valle llamaron a la cumbre para cerrar los remontes y entonces, restableciendo nuestro equilibrio terrestre como haces después de mucho navegar, o tras un partido de hockey —al igual que los funambulistas—, entramos en el bar, donde nuestras copas y todo lo demás estaban a rebosar. Recuerdo esto y también recuerdo la regata, pero ahora aquí está oscureciendo. Está demasiado oscuro para que pueda seguir escribiendo.»

Farragut todavía cojeaba, pero volvía a crecerle el pelo, cuando le pidieron que picara la matriz de un anuncio que decía: LA UNIVERSIDAD DE LA BANCA FIDUCIARIA OFRECERÁ UN CURSO SOBRE BANCA A TODOS LOS INTERNOS CAPACITADOS. HABLE CON EL ENCARGADO DE SU GALERÍA PARA OBTENER MÁS INFORMACIÓN. Aquella noche Farragut le pidió a Pequeñín que lo informara. Pequeñín le dijo que la clase estaría limitada a treinta y seis. El curso sería martes y jueves. Podía inscribirse cualquiera, pero la selección se haría de acuerdo con el resultado de un test de inteligencia facilitado por la universidad. Eso era todo lo que Pequeñín sabía. Toledo mimeografió el anuncio y lo repartieron en las celdas junto con el correo de la tarde. Toledo tendría que haber mimeografiado dos mil, pero al parecer había tirado otros dos mil porque había hojas por todas partes. Farragut no acababa de descubrir de dónde procedían, pero cuando soplaba viento en el patio veías los anuncios de la Universidad de la Banca Fiduciaria volando por los aires, no por decenas sino por centenares. Unos pocos días más tarde del reparto de los anuncios, Farragut tuvo que picar la matriz de un aviso para el tablón de anuncios. CUALQUIER HOMBRE AL QUE SE ENCUENTRE UTILIZANDO LOS ANUNCIOS DE LA UNIVERSIDAD DE LA BANCA FIDUCIARIA COMO PAPEL HIGIÉNICO SERÁ CASTIGADO CON TRES DÍAS DE CONFINAMIENTO EN LA CELDA. ATASCAN LOS DESAGÜES. El papel siempre era un bien escaso y esa nevada de anuncios era como el maná. Los usaban para hacer pañuelos, aviones y borradores. Los presos que iban de abogados los usaban para redactar peticiones al papa, al presidente, al gobernador, al Congreso y a la Sociedad de Ayuda Legal. Se utilizaban para poemas, plegarias y peticiones ilustradas. La cuadrilla del invernadero los recogían con sus bastones puntiagudos, pero durante un tiempo la riada de anuncios pareció misteriosa e inagotable.

Esto era durante el otoño, y mezcladas con los anuncios de la Universidad de la Banca Fiduciaria estaban las hojas muertas. Los tres arces dentro del muro se habían vuelto rojos y soltaban sus hojas a principios de otoño, pero habían muchos más árboles más allá del muro y, entre los anuncios de la Universidad de la Banca Fiduciaria, Farragut vio las hojas de haya, roble, tulipanero, fresno, nogal y muchas variedades de arce. Las hojas tenían el poder de recordarle a Farragut, más o menos una hora después de la metadona, el enorme y absurdo placer que él, como un hombre libre, había obtenido de su entorno. Le gustaba caminar por la tierra, nadar en los océanos, subir las montañas y, en otoño,

mirar cómo caían las hojas. El simple fenómeno de la luz
—el brillo que ondulaba en el aire— le parecía una muy
buena noticia de una importancia trascendental. Le parecía
una maravilla que las hojas cayeran, giraran y se ondularan,
para crear una ilusión de facetas expuestas a la luz. Recordó
una reunión de administradores por un asunto de varios
millones de dólares. La reunión tuvo lugar en la planta baja
de un nuevo edificio de oficinas. En la acera habían plantado
unos cuantos ginkgos. La reunión fue en octubre, cuando
los ginkgos se tornaban de un sorprendentemente puro y
uniforme amarillo, y durante la reunión él, mientras miraba
las hojas caer a través del aire, notó su vitalidad e inteligencia súbitamente estimuladas y pudo hacer una contribución sustancial gracias al brillo de las hojas.

Por encima de las hojas, los anuncios y los muros estaban los pájaros. Farragut recelaba un poco de los pájaros
porque la leyenda de los hombres cruelmente confinados
que amaban a los pájaros del aire nunca lo había conmovido. Intentó aportar un tono práctico e informado a su interés por los pájaros, pero tenía muy poca información. Se interesó por una bandada de mirlos de alas rojas. Sabía que
moraban en los pantanos, así que debía de haber un pantano cerca de Falconer. Comían al atardecer en alguna agua
estancada que no era el pantano donde vivían. Noche tras
noche, durante todo el verano y muy entrado el otoño, Farragut había estado junto a su ventana para mirar a los pájaros negros cruzar el cielo azul. Al principio había uno o dos,

y si bien debían de ser los líderes, no había nada arriesgado en su vuelo. Todos tenían el vuelo entrecortado de los pájaros enjaulados. Después de los líderes llegaba una bandada de doscientos o trescientos, todos ellos volando torpemente pero dotados, gracias a su número, de una sensación de poder —el magnético vigor del planeta—, dibujado a través del aire como ascuas empujadas por un viento fuerte. Después de la primera bandada había unos cuantos retrasados, más aventureros, y luego otra bandada de centenares o miles y a continuación una tercera. Hacían el viaje de regreso a su hogar en el pantano cuando ya estaba oscuro y Farragut no podía verlo. Permanecía junto a la ventana a la espera de oír el sonido de su paso, pero nunca ocurría. Así que en otoño contemplaba el vuelo de los pájaros, las hojas y el anuncio de la Universidad de la Banca Fiduciaria mientras el aire se movía como el polvo, como el polen, como las cenizas, como cualquier señal de la invencible potencia de la naturaleza.

Sólo cinco hombres de la galería F presentaron sus solicitudes para el curso. Nadie se lo tomó muy en serio. Tenían claro que la Universidad de la Banca Fiduciaria acababa de ser creada o iba de baja y había apelado a Falconer para conseguir publicidad. La generosa educación de los desafortunados convictos siempre era un tema merecedor de un espacio en los periódicos. Cuando llegó el momento, Farragut y los otros fueron a la sala de la junta de libertad condicional para someterse al test de inteligencia. Farragut sabía que no se le daban bien esas pruebas. Nunca puntuaba por encima de los 119 y una vez había bajado a 101. En el ejército, eso lo había mantenido apartado de cualquier posición de mando y le había salvado la vida. Hizo la prueba con otros veinticuatro hombres. Contó bloques y se exprimió la memoria para recordar la hipotenusa del triángulo isósceles. Se suponía que los resultados eran secretos, pero por un paquete de cigarrillos Pequeñín le dijo que había fracasado con 112. Jody sacó 140 y afirmó que nunca había puntuado tan bajo.

Jody era el mejor amigo de Farragut. Se habían conocido en las duchas, donde Farragut había visto a un joven delgado y de pelo negro que le sonreía. Llevaba colgada de una cadena alrededor del cuello una sencilla y elegante cruz de oro. No se les permitía hablar en las duchas, pero el desconocido, mientras se enjabonaba el hombro izquierdo, abrió la palma para que Farragut pudiera leer lo que había escrito con tinta indeleble: «Nos vemos más tarde.» Cuando acabaron de vestirse se encontraron en la puerta.

—¿Tú eres el profesor? —preguntó el desconocido.

—Soy 734-508-32 —respondió Farragut. Era así de novato.

—Pues yo soy Jody —se presentó el desconocido—, y sé que eres Farragut, pero mientras no seas homosexual no me importa cómo te llames. Ven conmigo, te enseñaré mi escondite.

Farragut lo siguió a través del patio hasta un depósito de

agua abandonado. Subieron por una escalera oxidada hasta una pasarela de madera donde había un jergón, una lata que hacía de cenicero y unas cuantas revistas viejas.

—Todos tienen que tener un escondite —comentó Jody—. Éste es el mío. La vista es lo que llaman la vista del millonario. Después del pabellón de los condenados a muerte, éste es el mejor lugar para verla.

Farragut vio, por encima de los tejados de las viejas galerías y los muros, un trozo de unos tres kilómetros de río con acantilados y montañas en la costa occidental. Había visto o atisbado ese panorama antes, desde la calle de la cárcel, pero ésa era la vista más impactante que le habían dado del mundo más allá del muro y se sintió profundamente conmovido.

—Siéntate, siéntate —lo invitó su amigo—, siéntate y te hablaré de mi pasado. No soy como la mayoría de los tipos de aquí, que no te contarán nada. Todo el mundo sabe que Freddy, *el Perro Loco*, se cargó a seis tíos, pero si se lo preguntas, te dirá que está aquí por robar flores en algún parque. No bromea. Se lo cree. A pie juntillas. Pero cuando tengo un camarada se lo cuento todo si él quiere escucharlo. Hablo mucho, pero también escucho cantidad. Sé escuchar muy bien. Pero mi pasado es realmente mi pasado. No tengo ningún futuro. Hace doce años que no veo a los de la condicional. Lo que hago aquí no tiene mucha importancia, pero me gusta estar fuera del agujero. Sé que no hay pruebas médicas del daño cerebral, pero después de darte cabezazos unas catorce veces seguidas te quedas tonto. Una vez me di siete cabezazos. No es que esperara conseguir gran cosa, pero continué machacándome. No podía parar. Me estaba volviendo loco. Eso no es sano. El caso es que me acusaron de cincuenta y tres cargos. Tenía una casa de cuarenta y cinco mil dólares en Leavittown, una esposa estupenda y dos hijos extraordinarios: Michael y Dale. Pero estaba en un apuro. Las personas con tu estilo de vida ni siquiera lo entienden. No fui al instituto, y sin embargo tocaba que me ascendieran en el departamento de hipotecas de Hamilton Trust. Pero no pasaba nada. Por supuesto, que no tuviera una formación era una pega y estaban echando gente a diestro y siniestro. No ganaba el dinero suficiente para mantener a cuatro personas, así de sencillo, y cuando decidí poner la casa en venta descubrí que todas las demás malditas casas de la manzana estaban en el mercado. No hacía otra cosa que pensar en el dinero. Soñaba con dinero. Recogía cuanta moneda encontraba en la calle. Estaba majara por el dinero. Yo tenía un amigo llamado Howie y él tenía la solución. Me habló de un viejo —Masterman— que tenía una papelería en el centro comercial. Tenía dos boletos de la loto de siete mil dólares cada uno. Los tenía en un cajón, junto a la cama. Howie lo sabía porque dejaba que el viejo se la mamara por cinco dólares. Howie tenía esposa, hijos, una chimenea de leña, pero ni un centavo. Así que decidimos hacernos con los boletos. Entonces no tenías que endosarlos. Eran catorce mil dólares en mano y no había manera de rastrearlo. Así que vigilamos al viejo durante un par de noches. Fue sencillo. Cerraba la tienda a las ocho, se iba a su casa, se emborrachaba, comía algo y miraba la tele. Así que una noche, cuando cerró la tienda y subió a su coche, nos subimos con él. Se mostró muy obediente porque yo le apuntaba a la cabeza con un arma cargada. El arma era de Howie. Fuimos a su casa y caminamos pegados a él hasta la puerta, con el arma apretada contra cualquier parte blanda de su cuerpo que fuera adecuada. Lo llevamos hasta la cocina y lo esposamos a aquel maldito frigorífico gigante. Era un modelo muy reciente, muy grande. Le preguntamos dónde tenía los boletos y dijo que estaban en una caja de seguridad. Si le pegamos con la pistola como dijo que hicimos, no fui yo. Quizá fue Howie, pero yo no lo vi. No dejaba de repetirnos que los dos boletos estaban en el banco. Así que pusimos la casa patas arriba buscando los boletos, pero creo que no mentía. Así que encendimos el televisor, por los vecinos, lo dejamos encadenado a su frigorífico de diez toneladas y nos largamos en su coche. El primer coche que vimos era uno de la policía. Sólo fue una pura coincidencia, pero nos asustamos. Nos llevamos el coche a uno de esos túneles de lavado donde tienes que salir del coche cuando llega a los chorros. Pusimos el coche en la cinta transportadora y nos largamos. Tomamos el autobús a Manhattan y nos despedimos en la terminal.

»¿Pero sabes lo que hizo aquel viejo hijoputa de Masterman? No era/es grande y no era/es fuerte, pero comenzó a arrastrar aquel enorme frigorífico por el suelo de la cocina. Créeme, era enorme. Era una casa muy bonita con unos muebles preciosos y alfombras, y seguramente las debió de pasar canutas con todas aquellas alfombras que se enganchaban bajo el frigorífico, pero salió de la cocina, recorrió el pasillo y entró en la sala de estar, donde tenía el teléfono. Me imagino lo que vio la policía cuando entró: al viejo encadenado a un frigorífico en medio de la sala de estar con cuadros en todas las paredes. Aquello fue un jueves. Me trincaron al martes siguiente. Ya tenían a Howie. No lo sabía, pero él ya tenía antecedentes. No culpo al Estado. No culpo a nadie. Lo hicimos todo mal. Robo a mano armada, lesiones, secuestro. El secuestro es un delito muy grave. De modo que estaba lo que se dice muerto, pero mi esposa y mis hijos están vivos. Así que ella vendió la casa a un precio tirado y se acogió a la beneficencia. Viene a verme de vez en cuando, pero ¿sabes lo que hacen los chicos? Primero pidieron permiso para escribirme cartas y luego Michael, el mayor, me escribió una carta diciendo que estarían en el río en un bote a las tres de la tarde del domingo y que me saludarían. A las tres de la tarde del domingo yo estaba en la verja y aparecieron. Estaban muy lejos en el río, no te puedes acercar demasiado a la cárcel, pero los veía y sentía mi amor por ellos y ellos agitaron los brazos y yo agité los brazos. Aquello fue en otoño y dejaron de venir cuando el lugar donde alquilaban los botes cerró, pero comenzaron a venir de nuevo en primavera. Habían crecido mucho, lo veía, y entonces se me ocurrió que durante el tiempo que estoy aquí se casarán y tendrán hijos, y sé que no meterán a sus esposas o a sus chicos en un bote y vendrán por el río para saludar a su viejo papaíto. Así que no tengo futuro, Farragut, y tú tampoco tienes ningún futuro. De modo que bajemos y vayamos a lavarnos para papear.

Por aquel entonces, Farragut estaba trabajando a tiempo parcial con la cuadrilla de jardineros y segaba el césped y recortaba setos, y el resto de las horas picaba matrices de mimeógrafo para los anuncios de la cárcel. Tenía la llave de un despacho cercano a la sala de guardia y podía utilizar la máquina de escribir. Continuó reuniéndose con Jody en el depósito de agua y después, cuando hacía frío por las tardes, en su despacho. Había pasado un mes desde que se habían conocido cuando se hicieron amantes.

—Me alegra tanto que no seas homosexual... —repetía Jody mientras acariciaba los cabellos de Farragut.

Luego, una tarde, mientras decía lo mismo, había desabrochado el pantalón de Farragut y, con su ayuda, se lo había bajado hasta las rodillas. Por lo que Farragut había leído en los periódicos sobre la vida carcelaria, había esperado que esto ocurriera, pero lo que no había esperado era que el grotesco vínculo de su relación pudiera provocar en él un amor tan profundo. Tampoco había esperado que la administración fuera tan permisiva. Por unos pocos cigarrillos, Pequeñín lo había dejado quedarse en el despacho entre la cena y el cierre de las celdas. Jody se encontraba con él allí y se amaban en el suelo.

—A ellos les gusta —le explicó Jody—. Al principio no les gustaba. Entonces algún psicólogo decidió que si ejercitábamos los cojones regularmente, no nos amotinaríamos. Nos dejarían hacer cualquier cosa si creyeran que así no nos amotinaríamos. Muévete, nena, muévete. Oh, cuánto te quiero.

Se encontraban dos o tres veces por semana. Jody era el amado y de vez en cuando le daba plantón a Farragut, así que Farragut había desarrollado una sensibilidad sobrenatural al ruido de las zapatillas de baloncesto de su amante. Algunas noches su vida parecía pender de aquel sonido. Cuando comenzó el curso sobre banca, los dos hombres siempre se reunían los martes y jueves, y Jody comentaba sus experiencias con la universidad. Farragut se había hecho con un jergón y Jody se había agenciado un infiernillo eléctrico de alguna parte, y se acostaban en el jergón, bebían café y estaban bastante cómodos y felices.

Pero Jody le hablaba de la universidad con cierto escepticismo.

—Es la misma mierda de siempre —comentó Jody—. La escuela del éxito. La escuela de la élite. La escuela del encanto. La escuela de cómo ganar un millón. He estado en todas, y todas son iguales. Verás, nena, la aritmética bancaria y toda esa mierda la hacen ahora los ordenadores y lo que tienes que hacer es concentrarte en el posible inversor. Ése es el gran misterio de la empresa bancaria moderna. Para que lo entiendas, tú entras con la sonrisa. Todos los cursos a los que he asistido comienzan con lecciones sobre esa sonrisa. Estás delante de la puerta y piensas en todas las cosas fantásticas que te han pasado aquel día, aquel año, en toda tu vida. Tiene que ser real. No puedes fingir esa sonrisa de vendedor. Quiero decir que recuerdas a una chica preciosa que te hizo feliz o ganar una apuesta difícil o un traje nuevo o la carrera que ganaste o el día perfecto en que todo te salía bien. Entonces abres la puerta, entras y los impactas con esa sonrisa. Ellos son los únicos que no saben nada, nena. Me refiero a lo de sonreír. No saben absolutamente nada de lo que es sonreír.

»Está muy bien sonreír, me refiero a que tienes que sonreír para vender cualquier cosa, pero si no lo haces de la manera correcta, entonces te salen unas arrugas tremendas en la cara como las que tú tienes. Te quiero, nena, pero no sabes sonreír. Si supieras hacerlo, no tendrías todas esas arrugas alrededor de los ojos y todos esos grandes y horribles cortes como cicatrices en la cara. Mírame a mí. Creerías que tengo veinticuatro, ¿no? Pues tengo treinta y dos, pero la mayoría de las personas cuando les digo que adivinen mi edad responden que tengo dieciocho o diecinueve como mucho. Eso es porque sé sonreír, sé usar mi cara. Me lo enseñó un actor. Estaba aquí por delitos contra la moral, pero era muy guapo. Me enseñó que cuando sabes usar la cara te la cuida. Cuando usas la cara de cualquier manera, en cualquier situación a la que te enfrentas, acabas con un aspecto como el tuyo, acabas con un aspecto de mierda. Te amo, bonita, de verdad, de lo contrario no te diría que tienes la cara arruinada. Ahora mírame cómo sonrío. ¿Lo ves? Tengo un aspecto absolutamente feliz (¿no, no, no?), pero si te fijas, mantengo los ojos bien abiertos para no tener todas esas horribles arrugas en las comisuras como tienes tú y cuando abro la boca la abro mucho para que no destruya la belleza de mis mejillas, su belleza y tersura. El maestro de la universidad nos dice que sonriamos, sonriamos, sonriamos, sonriamos, pero si vas por ahí sonriendo todo el tiempo como él nos enseña que hagamos, acabas teniendo el aspecto de una persona muy vieja, una persona muy vieja y horrible con la que nadie querrá tener nada que ver, especialmente en lo tocante a inversiones bancarias.

Cuando Jody hablaba despreciativamente de la Universidad de la Banca Fiduciaria, la actitud de Farragut parecía paternal, parecía expresar un firme respeto por cualquier cosa que enseñara una organización, por falsa que fuese la enseñanza y por despreciable que fuera la organización. Escuchar a Jody describir la Universidad de la Banca Fiduciaria como una mierda hacía que Farragut se preguntara si la falta de respeto no estaba en el fondo de la carrera delictiva de Jody y su vida en la cárcel. Sentía que Jody debía aportar más paciencia, más inteligencia, a sus ataques a la universidad. Quizá no era nada más que el hecho de que la palabra «fiduciaria» le pareciera a él merecedora de respeto y que debía inspirar decencia; y en su trayectoria eran importantes el ahorro, el tesón, la frugalidad y el esfuerzo honesto. De hecho, los ataques de Jody contra la universidad eran continuos, previsibles y, al final, monótonos. Todo lo referente al curso estaba mal. El maestro le estaba estropeando la cara con aquella sonrisa demasiado grande y forzada. Las pruebas eran demasiado fáciles.

—No estudio ni hago los deberes —afirmó Jody—, y siempre saco las mejores notas de la clase. Es que tengo memoria. Me es muy fácil recordar las cosas. Me aprendí todo el catecismo en una noche. Hoy tuvimos clase de Nostalgia. Cualquiera diría que es algo relacionado con la nariz. Pues no. Es lo que recuerdas con placer. Entonces lo que haces es aprenderte aquello que el posible inversor recuerda con placer y tú tocas todas las cuerdas de sus muy agradables recuerdos como si fuesen un puto violín. No sólo provocas lo que ellos llaman Nostalgia con la charla, sino que te vistes, miras, hablas y utilizas el lenguaje corporal como algo que van a recordar con placer. ¿Entonces, si al posible inversor le gusta la Historia, tengo que presentarme en el banco vestido con una puta armadura?

—No te lo estás tomando en serio, Jody —dijo Farragut—. Tiene que haber algo que valga la pena. Creo que deberías prestar más atención a las cosas útiles en el curso.

—Quizá haya algo —admitió Jody—. Pero verás, ya lo he oído todo antes, en la escuela del éxito, la escuela de la élite, la escuela del encanto. Todo es la misma mierda. Lo he oído una decena de veces antes. Me dicen que el nombre de un tipo es para él el sonido más dulce. Eso ya lo sabía cuando tenía tres, cuatro años. Me sé toda la historia. ¿Quieres escucharla? Presta atención.

Jody marcó cada punto en los barrotes de la celda de Farragut.

—Uno: deja que el otro tipo crea que todas las buenas ideas son suyas. Dos: rechaza los desafíos. Tres: comienza con alabanzas y un aprecio sincero. Cuatro: si estás equivocado, admítelo de inmediato. Cinco: consigue que la otra persona diga sí. Seis: habla de tus errores. Siete: permite que el otro salve su jeta. Ocho: anímalo. Nueve: haz que las cosas que quieres hacer parezcan fáciles. Diez: haz que la otra persona se sienta feliz por hacer lo que tú quieres. Mierda, tío, cualquier puta sabe eso. Ésa es mi vida, ésa es la historia de mi vida. Llevo haciendo esto desde que era un crío y mira dónde he acabado. Mira dónde me han llevado mi conocimiento de la esencia del encanto, el éxito y la banca. Mierda, nena, me dan ganas de renunciar.

—No lo hagas, Jody —dijo Farragut—. Sigue con ello. Te darán un título y quedará bien en tu expediente.

—Nadie mirará mi expediente durante otros cuarenta años —respondió Jody.

Vino una noche. Nevaba.

—Pide que mañana te pongan en la lista de enfermos —dijo Jody—. El lunes. Habrá una multitud. Te esperaré delante de la enfermería.

Se marchó.

—¿Ha dejado de quererte? —preguntó Pequeñín—. Pues si ya no te quiere, me habré quitado un peso de encima. Eres un tipo agradable, Farragut. Me caes bien, pero él no sirve para nada. Se la ha chupado a la mitad de la población y no ha hecho más que empezar. La semana pasada o la otra, no lo recuerdo, bailó la danza del abanico en el tercer piso. Me lo contó Toledo. Había doblado una hoja de periódico como si fuese un abanico y lo movía de la polla al culo mientras bailaba. Toledo dijo que era repugnante.

Farragut intentó imaginarlo pero no pudo. Tenía la sensación de que Pequeñín estaba celoso. Pequeñín nunca había conocido el amor de un hombre; estaba inseguro. Rellenó la petición, la dejó entre las rejas y se fue a la cama.

La sala de espera de la enfermería estaba llena y él y Jody esperaron fuera donde nadie podía espiarlos.

—Escucha —dijo Jody—. Antes de que te cabrees, escúchame. No digas nada hasta que termine. Ayer renuncié a los cursos de la universidad. Espera, no digas nada. Sé que no te va a gustar porque te crees que eres mi padre y quieres que triunfe, pero espera hasta que escuches mi plan. No digas nada. Te digo que no digas nada. El acto de graduación está planeado. Nadie, salvo los que estamos en el curso, sabe lo que pasará, pero lo sabrás dentro de pocos días. Escucha esto. El cardenal, el cardenal de la diócesis, vendrá aquí en un helicóptero y entregará los diplomas a los graduados. No me estoy quedando contigo, y no me preguntes por qué.

Supongo que el cardenal es pariente de alguien de la universidad, pero habrá mucha publicidad y eso es lo que pasará. Uno de los tipos de la clase es el ayudante del capellán. Se llama DiMatteo. Es muy amigo mío. Está a cargo de todas esas prendas que llevan en el altar. Se ha hecho con una roja, de mi talla, que me va perfecta. Me la dará. Entonces, cuando llegue el cardenal, habrá mucho jaleo. Yo me mantendré atrás, me esconderé en el cuarto de calderas, me pondré el vestido rojo, y cuando el cardenal celebre la misa yo estaré en el altar. Escucha. Sé lo que hago. Ayudaba en el altar desde que cumplí los once. Eso fue cuando me confirmaron. Sé que crees que me pillarán, pero te equivocas. En la misa no miras a los otros acólitos. Eso es lo que tienen los rezos. No miras. Cuando ves a un extraño en el altar no vas por ahí preguntando quién es el extraño que está en el altar. Es un asunto sagrado y cuando estás haciendo un asunto sagrado no ves nada. Cuando bebes la sangre de Nuestro Salvador no miras para ver si el cáliz está oxidado o si el vino tiene restos de corcho. Te traspones… estás como traspuesto. La oración. Eso es. La oración es lo que me sacará de este lugar. El poder de la oración. Entonces, cuando se acabe la misa, subiré al helicóptero con mi vestido rojo, y si me preguntan de dónde soy, les diré que soy de San Anselmo, San Agustín, San Miguel, San Cualquiera. Cuando aterricemos me quitaré las prendas en la sacristía y saldré a la calle. ¡Milagro! Mendigaré para pagar el billete del metro hasta la calle 147, donde tengo amigos. Te digo todo esto, nena, porque te quiero y confío en ti. Estoy poniendo mi vida en tus manos. No hay hombre que profese un amor tan grande. Pero no esperes verme mucho a partir de ahora. Le gusto al tipo del vestido rojo. El capellán le trae comida del exterior, así que me llevo el infiernillo eléctrico. Quizá nunca te vuelva a ver, nena, pero si puedo, vendré para decirte adiós.

Entonces Jody se llevó las manos al estómago, se encorvó y comenzó a gimotear de dolor mientras entraba en la sala de espera. Lo siguió, pero no volvieron a dirigirse la palabra. Farragut se quejó de unos fuertes dolores de cabeza y el médico le dio una aspirina. El médico vestía ropa sucia y tenía un gran agujero en el calcetín derecho.

Jody no volvió y Farragut lo echaba dolorosamente de menos. Permanecía atento al millón de sonidos de la cárcel para descubrir entre ellos el chirriar de las zapatillas de baloncesto. Era lo único que quería oír. Muy poco después de su separación en la enfermería le dieron para picar el anuncio de que su eminencia el cardenal Thaddeus Morgan llegaría a Falconer en helicóptero el 27 de mayo para hacer entrega de los diplomas a los graduados del curso de la Universidad de la Banca Fiduciaria. Lo acompañarían el alcaide y el comisionado correccional. Se celebraría una misa. La asistencia a la ceremonia era obligatoria y los encargados de las galerías facilitarían más información.

Toledo mimeografió el anuncio pero esta vez no se pasó de la cantidad y no hubo una lluvia de papel. Al principio, el anuncio casi no tuvo repercusión. Sólo se graduarían ocho hombres. La idea del representante de Cristo descendiendo desde el cielo al patio de una cárcel no parecía entusiasmar a nadie. Farragut, por supuesto, continuó atento al chirriar de las zapatillas de baloncesto. Si Jody iba a despedirse, sería probablemente la noche anterior a la llegada del cardenal. Eso significaba para Farragut un mes de espera para ver a su amante y eso sólo por un momento. Tendría que conformarse. Suponía que Jody estaba follando con el ayudante del capellán, pero no sentía celos. No podía adivinar si tendría éxito el plan de fuga de Jody porque tanto los planes del cardenal como los de Jody eran disparatados, aunque los del cardenal habían aparecido en el periódico.

Farragut se acostó en el camastro. Deseaba a Jody. El anhelo comenzó en sus mudos genitales, para quienes sus células cerebrales actuaban como intérpretes. El anhelo pasó entonces de los genitales a las vísceras y de allí a su corazón, a su alma, a su mente, hasta que toda su carcasa se llenó de anhelo. Esperó el chirrido de las zapatillas de baloncesto y después la voz juvenil, quizá calculada, pero no demasiado clara, que le decía: «Muévete, nena.» Esperó el chirrido de las zapatillas de baloncesto como había esperado el sonido de los tacones de Jane en los adoquines de Boston, esperado el sonido del ascensor que llevaría a Virginia hasta el piso once, esperado a que Dodie abriera la verja oxidada en Thrace Street, esperado a que Roberta bajara del autobús C en alguna *piazza* romana, esperado a que Lucy se colocara el diafragma y apareciera desnuda en la puerta del baño, esperado a que sonara la campanilla del teléfono, el timbre de la puerta, las campanadas de las iglesias que marcaban las horas, esperado el final de la tormenta que asustaba a Helen, esperado el autobús, el barco, el tren, el avión, el bote, el helicóptero, el remonte, el silbato de las cinco y la alarma de incendios que le devolvería a su amante a sus brazos. Le pareció que había gastado una considerable parte de su vida y sus energías en esperas, pero esas esperas no habían sido, ni siquiera cuando no había aparecido nadie, una absoluta frustración: formaban parte de la naturaleza del centro de su ser.

Pero ¿por qué añoraba tanto a Jody cuando a menudo había creído que su papel en la vida era poseer a las mujeres más hermosas? Las mujeres poseían el mayor y más gratificante de los misterios. Había que acercarse a ellas en la oscuridad y algunas veces, pero no siempre, poseerlas en la oscuridad. Eran una esencia, fortificadas y asediadas, dignas de conquistar y, una vez conquistadas, empapadas con los despojos. En sus calentones quería reproducirse, poblar aldeas, pueblos, villas y ciudades. Parecía ser su deseo de dar frutos lo que lo empujaba a imaginarse a cincuenta mujeres con sus hijos en los vientres. Las mujeres eran la cueva de Alí Babá, eran la luz de la mañana, eran las cataratas, las tormentas, eran las inmensidades del planeta; y la visión de eso le había decidido a buscar algo mejor cuando, desnudo, se la sacó del culo a su último jefe explorador. Había un resto de reproche en el recuerdo de su esplendor, pero no era el reproche lo que pretendía. Si tenía en cuenta la soberanía de su indomable polla, sólo una mujer podía coronar aquella polla enrojecida con un propósito.

Había, pensó, cierta igualdad entre la posesión sexual y los celos sexuales; y necesitaba adaptarse y mentir para compensar la inconstancia de la carne. A menudo se había buscado amores que no le convenían. Había deseado y perseguido a las mujeres que le habían encantado con sus mentiras y con su absoluta irresponsabilidad. Había pagado sus ropas y sus billetes, sus peluqueros y sus caseros y, en una ocasión, un cirujano plástico. Cuando compró unos pendientes de diamantes había calculado deliberadamente el kilometraje sexual que podría obtener de esas joyas. Cuando las mujeres cometían faltas, a él le parecían encantadoras. Cuando, después de una dieta rigurosa y de hablar continuamente de sus dietas, las encuentras comiéndose una chocolatina en un aparcamiento, te sientes encantado. Él no encontraba encantadoras las faltas de Jody. No las encontraba.

Su radiante y dolorosa necesidad de Jody se extendió desde las ingles a todas sus partes, visibles e invisibles, y se preguntó si podría llevar su amor por él a la calle. Caminaría por la calle con un brazo alrededor de su cintura, lo besaría en el aeropuerto, le cogería la mano en el ascensor y si evitaba cualquiera de esas cosas, ¿no estaría aceptando los crueles edictos de una sociedad blasfema? Intentó imaginar a Jody y a sí mismo en el mundo. Recordó las pensiones y las casas de huéspedes europeas donde él, Marcia y su hijo algunas veces habían pasado el verano. Hombres y mujeres jóvenes y sus hijos —si no eran jóvenes al menos eran ágiles— marcaban el tono. Se evitaba la compañía de los viejos y los enfermos. Sus obsesiones eran bien conocidas y se corría la voz. Pero aquí y allá, en ese paisaje familiar, se veía en un extremo del bar o en un rincón del comedor a dos hombres o dos mujeres. Eran los raritos, un hecho que generalmente quedaba establecido por conspicuo dinamismo de los opuestos. Una de las mujeres sería dócil; la otra dominante. Uno de los hombres sería viejo; el otro un jovenzuelo. Se era tremendamente cortés con ellos, pero nunca se los invitaba al barco de uno en las regatas o a un picnic en la montaña. Ni siquiera se los invitaba a la boda del herrero del pueblo. Eran diferentes. Cómo gratificaban sus apetitos venéreos continuaría siendo, para el resto de la compañía, acrobático y grotesco. Ellos no podían empezar la siesta, como el resto de la compañía, con un buen y sudoroso polvo. Socialmente, el prejuicio contra ellos era muy leve; a un nivel más profundo era absoluto. Que disfrutaran de su mutua compañía, como a veces parecía, resultaba pasmoso y subversivo. Farragut recordó que en una pensión los lilas parecían ser la única pareja feliz en el comedor. Aquélla había sido una mala temporada para el sagrado matrimonio. Las esposas lloraban. Los maridos maldecían. Los lilas ganaron la regata, escalaron la montaña más alta y fueron invitados a comer por el príncipe reinante. Aquello había sido una excepción. Farragut —al extender las cosas a la calle— intentó imaginarse a Jody y a sí mismo en una pensión como aquélla. Eran las cinco. Se encontraban al fondo del bar. Jody vestía un traje de lino blanco que le había comprado Farragut; pero no conseguía ir más allá. No había manera de retorcer, exprimir, machacar o lo que fuese para forzar a su imaginación a que continuara la escena.

Si el amor era una cadena de semejanzas, existía, dado que Jody era un hombre, el peligro de que Farragut estuviese enamorado de sí mismo. Que él pudiera recordar, sólo había visto el autoamor en un hombre en una ocasión, alguien con quien había trabajado durante un año o poco más. El hombre no había tenido ningún papel importante en sus asuntos y él, quizá para su desventaja, sólo había observado esa falta de pasada, si es que era una falta. «¿Te has fijado en que uno de mis ojos es más pequeño que el otro?», le preguntó el hombre. Más tarde le había preguntado con mayor interés: «¿Crees que estaría mejor con barba o bigote?» Mientras caminaban hacia un restaurante, el hombre le preguntó: «¿Te gusta mi sombra? Cuando tengo el sol detrás y veo mi sombra siempre me llevo una decepción. Mis hombros no son lo bastante anchos y mis caderas son demasiado anchas.» Cuando nadaban juntos, el hombre le había preguntado: «Con toda sinceridad, ¿qué opinas de mis bíceps? ¿Crees que los tengo demasiado desarrollados? Hago cuarenta flexiones todas las mañanas para mantenerlos firmes, pero no quiero parecer un levantador de pesas.» Esas preguntas no eran continuas, ni siquiera diarias, pero se formulaban con la frecuencia suficiente para parecer excéntricas y habían llevado a Farragut a preguntarse, y después a la convicción, si el hombre estaba enamorado de sí mismo. Hablaba de sí mismo como cualquier otro hombre, en un matrimonio al azar, podía buscar que aprobaran a su esposa. ¿Crees que es hermosa? ¿Crees que habla mucho? ¿No te gustan sus piernas? ¿Crees que debería cortarse el pelo? Farragut no creía estar enamorado de sí mismo, pero en una ocasión, cuando se había levantado para mear, Jody había dicho: «Mierda, tío, eres hermoso. Estás prácticamente senil y aquí dentro no hay mucha luz, pero a mí me pareces muy hermoso.» Vaya mierda, pensó Farragut, pero en alguna parte del enorme desierto interior, pareció crecer una flor y no podía encontrar el capullo y aplastarlo con el tacón. Sabía que era la frase de una puta, pero le encantaba. Le pareció que siempre había sabido que era hermoso y se hubiese pasado toda su vida escuchándolo. Pero si al amar a Jody se amaba a sí mismo, existía la posibilidad de que, muy a su pesar, se hubiese enamorado locamente de su juventud perdida. Jody iba de jovenzuelo, tenía el aliento dulce y en la piel el olor de la juventud, y al poseerlos, Farragut poseía una hora de inexperiencia. Echaba de menos su juventud, la echaba de menos como echaría de menos a un amigo, una amante, una casa alquilada en una de las magníficas playas donde había estado en su juventud. Abrazarse a uno mismo, a la propia juventud, podía resultar más fácil que amar a una mujer hermosa cuya naturaleza estaba enraizada en un pasado que él nunca comprendería. Cuando amó a Mildred, por ejemplo, tuvo que aprender a adaptarse a que le gustaran las anchoas en el desayuno, al agua del baño hirviendo, a los orgasmos tardíos, y al papel de pared, al papel higiénico, a las sábanas, a las pantallas de lámparas, a los platos, a los manteles, a los tapizados y a los coches de color amarillo limón. Incluso le había comprado unos calzoncillos de ese color. Amarse a uno mismo sería una vana, una imposible, pero deliciosa meta. ¡Qué sencillo amarse a uno mismo!

Después había que pensar en el cortejo de la muerte y las oscuras verdades básicas de ésta, pues cuando cubría el cuerpo de Jody abrazaba voluntariamente el deterioro y la corrupción. Besar a un hombre en la garganta, mirar con pasión a los ojos de un hombre, era tan antinatural como los ritos y procedimientos en un velatorio; mientras besaba, como él había hecho, la piel tersa del vientre de Jody, podría haber estado besando la hierba que lo cubriría.

Con la ausencia de Jody —con la desaparición de ese programa erótico y sentimental—, Farragut descubrió que su sentido del tiempo y el espacio peligraba. Tenía un reloj y un calendario y nunca le había sido más fácil identificar su entorno, pero nunca se había enfrentado con tanta aprensión al hecho de no saber dónde estaba. Estaba a la salida de un eslalon, estaba esperando un tren, se estaba despertando de un mal colocón en un hotel de Nuevo México.

—Eh, Pequeñín —gritaba—, ¿dónde estoy?

Pequeñín lo entendió.

—Cárcel de Falconer —respondía—. Mataste a tu hermano.

—Gracias, Pequeñín.

Así, con la fuerza de la voz de Pequeñín, volvían los hechos desnudos. Con el fin de aliviar esa preocupante sensación de ser otro, recordó que también lo había sentido en la calle. La sensación de estar en dos o tres lugares simultáneamente era algo que había conocido fuera de aquellos muros. Recordaba haber estado en un despacho con aire acondicionado en un día de sol mientras le parecía estar, al mismo tiempo, en una granja ruinosa al comienzo de una tormenta. Podía, de pie, en el aséptico despacho, oler los troncos en la leñera y hacer la lista de sus lógicas preocupaciones sobre las cadenas, los quitanieves y las reservas de alimentos, combustible y bebidas: todo lo que preocupa a un hombre en una casa remota al comienzo de una tormenta. Eso era un recuerdo, por supuesto, que se abría paso en el presente, pero ¿por qué él, en una habitación aséptica en pleno verano, había recuperado involuntariamente dicho recuerdo? Intentó rastrearlo hasta la prueba del olor. Una cerilla de madera ardiendo en el cenicero podría haber provocado el recuerdo, y él había sido escéptico en cuanto a su respuesta sensual desde aquella vez en que, mientras observaba la aproximación de una tormenta, se había sentido desconcertado por una súbita e implacable erección. Pero si podía explicar esa dualidad con el humo de una cerilla ardiendo, no podía explicar que la claridad de su recuerdo de la granja desafiara tanto la realidad del despacho donde estaba. Para debilitar y borrar el recuerdo no deseado, forzó su mente a ir más allá del despacho, que desde luego era artificial, y centrarse en el hecho irrefutable de que era el 19 de julio, la temperatura exterior era de treinta y tres grados centígrados, que eran las tres y dieciocho, y que había comido escalopes o cocochas de bacalao con una salsa tártara dulce, patatas fritas, ensalada, pan con mantequilla, helado y café. Armado con estos detalles indiscutibles, pareció borrar el recuerdo de la granja de la misma manera que uno abre puertas y ventanas para que se vaya el humo de una habitación. Tuvo éxito a la hora de establecer la realidad del despacho y, si bien no estaba realmente inquieto por aquella experiencia, había planteado muy claramente una pregunta sobre la cual carecía de toda información.

Con la excepción de la religión organizada y un polvo triunfante, Farragut consideraba las experiencias trascendentales una basura peligrosa. Uno reservaba su ardor para las personas y los objetos que se podían utilizar. La flora y la fauna del bosque tropical eran incomprensibles, pero podías comprender el sendero que te llevaba a tu destino. Sin embargo, en Falconer las paredes y los barrotes algunas veces habían parecido amenazar con desvanecerse y dejarlo con una nada que sería peor. Una mañana, por ejemplo, lo había despertado muy temprano el ruido del váter y se encontró entre los fragmentos de un sueño. No estaba seguro de la profundidad del sueño, pero nunca había sido capaz (ni tampoco sus psiquiatras) de definir claramente las morenas de la conciencia que componían las orillas del despertar. En el sueño vio el rostro de una mujer hermosa que le gustaba pero que nunca había querido mucho. También vio o sintió la presencia de una gran playa en una isla. Se oía una nana o la música de un anuncio. Persiguió esos fragmentos que se alejaban como si su vida, su autoestima, dependieran de que consiguiera unirlos en un recuerdo coherente y útil. Escaparon, intencionadamente, como un jugador a la cámara en un partido de fútbol, y una tras otra vio desaparecer a la mujer y la presencia del mar, y oyó cómo se apagaba la música. Miró su reloj. Eran las tres y diez. Cesó la conmoción en el váter. Se quedó dormido.

Días, semanas, meses o lo que fuese más tarde, se despertó del mismo sueño de la mujer, la playa y la canción, las persiguió con la misma intensidad de la primera vez, y las perdió una tras otra mientras la música se apagaba. Los sueños imperfectamente recordados —si se los perseguía— eran algo común, pero la dispersión de ese sueño era inusualmente profunda y vívida. Se preguntó, desde su experiencia psiquiátrica, si el sueño era en color. Lo había sido, pero no de un color brillante. El mar había sido oscuro y la mujer no llevaba los labios pintados, pero el recuerdo no estaba limitado al blanco y negro. Echaba de menos el sueño. Estaba francamente irritado ante la evidencia de que lo había perdido. Era, por supuesto, inútil, pero le había parecido como un talismán. Consultó su reloj y vio que eran las tres y diez. El váter estaba en silencio. Se durmió de nuevo.

Eso sucedió una y otra vez, y quizá otra vez. La hora no siempre era exactamente las tres y diez, pero sí era entre las tres y las cuatro de la mañana. Siempre se quedaba con una sensación de enojo ante el hecho de que su memoria podía manipular, de una manera del todo independiente de cualquier cosa que él sabía de sí mismo, sus recursos en diseños controlados y repetitivos. Su memoria disfrutaba del libre albedrío, y su irritabilidad se veía reforzada por la comprensión de que su memoria era tan ingobernable como sus genitales. Entonces una mañana, cuando corría del comedor al taller por el túnel oscuro, oyó la música y vio a la mujer y el mar. Se detuvo con tanta brusquedad que varios hombres chocaron contra él y dispersaron el sueño con el tremendo golpe. Así que aquella mañana no hubo nada más que hacer. Pero el sueño reaparecía una y otra vez en diferentes lugares de la cárcel. Entonces, un anochecer, en la celda, mientras leía a Descartes, oyó la música y esperó la aparición de la mujer y el mar. La galería estaba en silencio. Las circunstancias para la concentración eran perfectas. Razonó que si podía captar un par de frases de la canción, estaría en condiciones de recomponer el resto del sueño. Las palabras y la música se alejaban, pero fue capaz de seguir el ritmo de su retirada. Cogió un lápiz y un trozo de papel, y se disponía a escribir las frases que había oído cuando comprendió que no sabía quién era ni dónde estaba, que los usos del váter que miraba eran absolutamente misteriosos, y que no conseguía entender ni una sola palabra del libro que tenía en las manos. No sabía quién era él. No sabía su propio idioma. Interrumpió bruscamente la persecución de la mujer y la música y se tranquilizó cuando desaparecieron. Se llevaron con ellas la experiencia de una total alienación y lo dejaron con una ligera náusea. Estaba más golpeado que herido. Cogió el libro y descubrió que podía leer. El váter era para los residuos. La cárcel se llamaba Falconer. Estaba condenado por asesinato. Uno a uno recogió los detalles del momento. No eran particularmente agradables, pero eran útiles y duraderos. No sabía lo que hubiese podido ocurrir de haber copiado las palabras de la canción. No parecía que hubiesen estado involucradas la muerte ni la locura, pero no se sentía obligado a descubrir qué hubiese pasado si recomponía el sueño. La fantasía volvió a él una y otra vez, pero la rechazó violentamente dado que no tenía nada que ver con el sendero escogido o su destino.

—Toc, toc —dijo el Cornudo.

Era tarde, pero Pequeñín aún no había avisado del cierre de las celdas. El Pollo Número Dos y Perro Loco Asesino jugaban al *rummy*. Lo que daban en la tele era pura basura. El Cornudo entró en la celda de Farragut y se sentó en la silla. A Farragut le desagradaba. Su rosado rostro redondo y sus cabellos ralos no habían sufrido el más mínimo cambio en la cárcel. El rosa brillante del Cornudo, su protuberante vulnerabilidad —producida, al parecer, por el alcohol y su cohibición sexual— no había perdido su sorprendente tono.

—¿Echas de menos a Jody? —preguntó.

Farragut no dijo nada.

—¿Te tirabas a Jody?

Farragut no dijo nada.

—Joder, tío. Sé que lo hacías —exclamó el Cornudo—, pero no te lo critico. Era hermoso, sencillamente hermoso. ¿Te importa si hablo?

—Tengo un taxi abajo que me está esperando para llevarme al aeropuerto —dijo Farragut. Luego añadió, sinceramente—: No, no, no. No me importa hablar. No me importa en absoluto.

—Follé con un tío —dijo el Cornudo—. Fue después de dejar a mi esposa. La vez aquella que la encontré tirándose a un chico en el suelo del vestíbulo… Mi rollo con el tío comenzó en un restaurante chino. En aquellos días, yo era la clase de hombre solitario que ves comiendo en los restaurantes chinos, en cualquier parte de este país y algunas partes de Europa donde he estado. La dinastía Chung Fu. El Bambú Lov. Farolillos de papel y biombos de teca por todo el local. Algunas veces tienen encendidas las luces navideñas todo el año. Flores de papel, muchas flores de papel. Familias numerosas. También tíos raros. Mujeres gordas. Marginados. Judíos. Algunas veces amantes, y siempre ese tipo solitario. Yo. Los tipos solos nunca comemos comida china. Siempre pedimos bistec o judías blancas estofadas en los restaurantes chinos. Somos internacionales. La cuestión es que soy un hombre solitario comiendo un bistec en un restaurante chino en las afueras de Kansas City. Cualquier lugar donde estuviera regulada la venta de bebidas tenía un lugar más allá de sus límites urbanos donde podías ir a por priva, una tía o alquilar una habitación en un motel por un par de horas.

»En ese sitio, el restaurante chino, están ocupadas la mitad de las mesas. En una mesa está ese tipo joven. Es guapo, pero eso es porque es joven. Tendrá el mismo aspecto que el resto del mundo dentro de diez años. Pero no deja de mirarme y de sonreír. Sinceramente no sé qué busca. Así que cuando me sirven mis trozos de piña, cada uno con un palillo, y mi galleta de la buena fortuna, se acerca a mi mesa y me pregunta que cuál es mi fortuna. Entonces le digo que no puedo leer mi buena fortuna porque no tengo las gafas, así que él coge el trozo de papel y lee o hace que lee que mi buena fortuna es que tendré una hermosa aventura en menos de una hora. Así que le pregunto cuál es su buena fortuna y dice que es la misma. Continúa sonriendo. Habla muy bien pero podías ver que era pobre. Te dabas cuenta de que hablar bien era algo que había aprendido con esfuerzo. Así que cuando salgo, él sale conmigo. Me pregunta dónde me alojo y le digo que me alojo en el motel que hay junto al restaurante. Entonces me pregunta si tengo algo de beber en mi habitación y digo que sí, que si le apetece una copa, y él dice que le encantaría una copa y me pasa un brazo por encima de los hombros, como si fuésemos amigos de toda la vida, y vamos a mi habitación. De modo que entonces me pregunta si puede preparar las copas, y yo le contesto que sí y le digo dónde está el whisky y el hielo, y él prepara unas copas muy buenas y se sienta a mi lado y comienza a besarme en la cara. Verás, la idea de que los hombres se besen los unos a los otros es algo que no me va para nada, aunque tampoco me molesta. Quiero decir que cuando un hombre besa a una mujer es una situación que tiene sus más y sus menos, pero un hombre que besa a otro hombre, excepto quizá en Francia, es como tener una pareja de nada. Me refiero a que si alguien hubiese sacado una foto de ese tipo besándome, para mí sería una foto muy extraña y antinatural, pero ¿por qué mi polla había comenzado a ponerse dura si todo era tan extraño y antinatural? Así que cuando pienso qué puede ser más extraño y antinatural que un hombre solo comiendo judías estofadas en un restaurante chino en el Medio Oeste (esto es algo que no me invento) y cuando él me toca la polla, muy suavemente, y continúa besándome, la polla se me pone muy tiesa y está toda mojada y parece que estoy a punto de correrme.

»Entonces prepara más copas y me pregunta que por qué no me quito la ropa y yo le pregunto qué pasa con él y entonces se baja los pantalones y me enseña una polla muy hermosa y yo me quito la ropa y nos sentamos en el sofá a beber nuestras copas desnudos. Prepara muchas copas. De vez en cuando se mete mi polla en la boca y es la primera vez en mi vida que me chupan la polla. Pensé que eso parecería horrible en un noticiario o en la primera página del periódico, pero evidentemente mi polla nunca ha visto un periódico porque se ha vuelto loca. Entonces él me propone que nos metamos en la cama y lo hacemos, y lo siguiente que sé es que sonaba el teléfono y era de día.

»Estaba todo oscuro. Estaba solo. Tenía una resaca tremenda. Cojo el teléfono y una voz dice: «Ahora son las siete y media.» Palpo la cama para ver si hay alguna prueba de una corrida pero no hay nada. Entonces voy al armario y miro en mi billetero, y el dinero, unos cincuenta dólares, no está. No falta nada más, ninguna de las tarjetas de crédito. Así que el marica me engañó, me dio un somnífero y se largó con mi dinero. Acabo de perder cincuenta dólares pero creo que he aprendido algo. Así que mientras me afeito suena el teléfono. Es el marica. Quizá creas que me cabreé con él, pero fue muy dulce y amistoso. Primero dijo que lamentaba haber preparado unas copas tan fuertes que habían hecho que me cayera dormido. Luego dijo que no tendría que haberle dado todo el dinero, que él no lo valía. Después dijo que lo sentía mucho, que quería hacerme pasar unas horas deliciosas gratis, y que cuándo podríamos vernos. Yo sabía que me había engañado, emborrachado y robado, pero lo deseaba de mala manera y le dije que volvería sobre las cinco y media y que por qué no venía más o menos a esa hora.

»Ese día tenía que hacer cuatro visitas y las hice, y cerré tres ventas, que no estaba nada mal para aquella zona. Me sentía muy bien cuando regresé al motel y tomé unas copas, y él llegó a las cinco y media y esta vez yo le preparé las copas. Se rió cuando lo hice pero yo no le dije nada del somnífero. Luego se quitó la ropa y la dejó bien doblada en la silla, y después me desnudó con mi ayuda y me besó todo el cuerpo. Entonces se vio en el espejo de cuerpo entero de la puerta del baño y ésa fue la primera vez que vi a un hombre que era eso que llaman narcisista. Una mirada a sí mismo desnudo en el espejo y no se pudo apartar. Era increíble. No podía apartarse del espejo. De modo que aproveché para considerar mis opciones. Había cobrado un cheque y tenía unos sesenta dólares en el billetero. Tenía que esconderlos. Mientras se amaba a sí mismo me preocupaba por mi dinero. Entonces vi lo ensimismado que estaba, hasta dónde estaba absorto con su aspecto. Recogí mis ropas del suelo y las colgué en el armario. Él no se fijó en mí, no veía otra cosa que a sí mismo. Así que allí estaba él, acariciándose las pelotas delante del espejo, y yo ante el armario. Saqué el dinero del billetero y lo escondí en el zapato. Así que cuando él finalmente dejó de mirarse en el espejo y se sentó conmigo en el sofá y me la comenzó a chupar, cuando me corrí casi se me salieron los ojos de las órbitas. Después nos vestimos y salimos para ir al restaurante chino.

»Cuando me vestí me costó ponerme el zapato con los sesenta dólares en la punta. Tenía las tarjetas de crédito para pagar la cena. Cuando caminábamos hacia el restaurante me preguntó por qué cojeaba y le dije que no cojeaba, pero comprendí que él sabía dónde estaba el dinero. Aceptan la Carte Blanche en el restaurante, así que ya no era un hombre solo en un restaurante chino, era un viejo marica con un joven marica en un restaurante chino. He mirado con desprecio a las parejas como ésa toda mi vida, pero me he sentido peor. Disfrutamos de una buena cena, muy buena, y cuando pagué la cuenta con la Carte Blanche y él preguntó si no tenía dinero y le respondí que no, que se lo había dado todo a él, ¿no?, él se rió y regresamos a mi habitación, aunque tuve mucho cuidado de no cojear y me pregunté que haría con los sesenta dólares porque no pensaba pagarle tanto. Así que escondí el zapato en un rincón oscuro y nos metimos en la cama y él me amó de nuevo y después hablamos y le pregunté quién era y él me lo dijo.

»Dijo que su nombre era Giuseppe o Joe, pero que se lo había cambiado por Michael. Su padre era italiano. Su madre era blanca. Su padre tenía una granja lechera en Maine. Iba a la escuela pero trabajaba para su padre en el tiempo libre y tenía unos nueve años cuando el jefe de la granja comenzó a chupársela. A él le gustó y se convirtió en algo de todos los días hasta que el jefe le preguntó si quería que se la metiera en el culo. Él tenía once o doce años. Lo probaron cuatro o cinco veces antes de que se la metiera hasta el fondo pero cuando funcionó le pareció maravilloso y lo hacían siempre. Pero era una vida muy dura ir a la escuela, trabajar en la granja y nunca ver a nadie más que al jefe, así que entonces comenzó a prostituirse, primero en el pueblo más cercano y después en la ciudad más cercana y después por todo el país y por todo el mundo. Dijo que eso era lo que era, un prostituto, y que no debía apenarme de él o preguntarme qué le pasaría.

»Mientras él hablaba yo lo escuchaba atentamente, fijándome en si hablaba como un marica, pero nunca lo hizo, al menos que yo me diera cuenta. Tengo muchos prejuicios contra los maricas. Siempre he creído que son ridículos y medio idiotas, pero hablaba como cualquier otro. Estaba muy interesado en lo que él decía porque a mí me parecía muy amable y afectuoso, e incluso muy puro. Mientras estábamos acostados en la cama aquella noche, a mí me pareció la persona más pura que había conocido, porque no tenía la más mínima conciencia, supongo que quiero decir que no tenía una conciencia prefabricada. Sencillamente se movía a través de todo aquello como un nadador en aguas limpias. Así que cuando me dijo que tenía sueño y estaba cansado, yo le dije que tenía sueño y estaba cansado y él dijo que lamentaba haberme robado el dinero pero que esperaba haberme recompensado y le dije que lo había hecho, y entonces dijo que sabía que tenía dinero en el zapato pero que no me lo robaría y que no debía preocuparme, así que nos dormimos. Dormimos bien y cuando nos despertamos por la mañana preparé café y bromeamos y nos afeitamos y vestimos, y allí estaba todo mi dinero, en el zapato, y dije que se me había hecho tarde y él dijo que también se le había hecho tarde, y yo le pregunté que tarde para qué y él respondió que tenía un cliente que le esperaba en la habitación 273 y después me preguntó si me importaba y le dije que no, que no me importaba, y luego él dijo que podríamos encontrarnos sobre las cinco y media y le dije que sí.

»Así que él se fue por su lado y yo por el mío, y aquel día hice cinco ventas y pensé que él no sólo era puro, que era afortunado, y me sentía muy feliz cuando regresé al motel, me di una ducha y me tomé un par de copas. No apareció a las cinco y media y tampoco a las seis y media ni a las siete, y me dije que había encontrado un cliente que no guardaba el dinero en el zapato y lo eché de menos, pero pasadas las siete sonó el teléfono y corrí a cogerlo pensando que era Michael, pero era la policía. Me preguntaron si lo conocía y les respondí que claro que lo conocía, porque era verdad. Entonces me pidieron que fuera al juzgado y yo les pregunté para qué y ellos me contestaron que me lo dirían cuando llegara allí, así que les dije que iría. Le pregunté al tío de la recepción cómo se llegaba al juzgado y él me lo dijo y fui. Creía que quizá lo habían detenido acusado de maleante o algo así y necesitaba que le pagara la fianza, y yo estaba dispuesto. Estaba dispuesto y ansioso por pagarla. Así que cuando hablé con el teniente que me llamó se mostró amable y un tanto triste y preguntó si conocía bien a Michael y le respondí que lo había conocido en el restaurante chino y que habíamos tomado unas copas. Él dijo que no me estaban acusando de nada, pero que si lo conocía lo bastante bien como para identificarlo y le contesté que por supuesto, en la creencia de que se trataría de alguna rueda de reconocimiento, aunque ya había comenzado a sospechar que podía ser algo más serio y grave, tal como resultó. Bajamos unas escaleras y supe por el pestazo adónde íbamos; y allí estaban todos aquellos cajones que parecían archivadores gigantes, él abrió uno y allí estaba Michael, muy muerto, por supuesto. El teniente dijo que lo habían apuñalado por la espalda veintidós veces, y el poli, el teniente, dijo que estaba muy metido en drogas, muy metido, y pensé que alguien lo odiaba cantidad. Habían seguido apuñalándolo mucho después de que estuviese muerto. Así que el teniente y yo nos dimos la mano y creo que él me miró atentamente para ver si era un drogadicto o un marica y después me dirigió una gran sonrisa que significaba que no creía que fuera ninguna de las dos cosas, aunque bien hubiese podido inventármelo todo. Regresé al motel, me tomé unas veinte copas más y lloré hasta que me quedé dormido.

No fue aquella noche, sino algún tiempo después, cuando el Cornudo le habló a Farragut del Valle. El Valle era una larga habitación más allá del túnel, a la izquierda del comedor. En una de las paredes había un canalón de hierro colado que servía de urinario. La pared por encima del urinario era de azulejos blancos con un poder de reflexión muy limitado. Veías la altura y la complexión de los hombres a tu izquierda y a tu derecha y poca cosa más. El Valle era el lugar donde ibas después de comer a follarte a ti mismo. Casi nadie, excepto los aguafiestas, entraban para sólo mear. Había unas normas. Podías tocarles los muslos y los hombros a los hombres que tenías a tu lado pero nada más. A lo largo del canalón cabían unos veinte hombres, y veinte hombres había allí, con las pollas flojas, duras o a medias, follándose a sí mismos. Si acababas y querías echarte otro, tenías que ir al final de la cola. Se oían las bromas de costumbre. «¿Cuántas llevas, Charlie?» «Voy a por la quinta, pero comienzan a dolerme los pies.»

Si consideramos el hecho de que la polla es el eslabón más crítico en nuestra cadena de la supervivencia, la variedad de formas, colores, tamaños, características, disposiciones y respuestas que se dan en esa rudimentaria herramienta es mucho más grande que la de cualquier otro órgano del cuerpo. Las había negras, blancas, rojas, amarillas, moradas, castañas, verrugosas, arrugadas, bonitas y sedosas, y parecían representar, como cualquier otro grupo de hombres en la calle a última hora de la tarde, la juventud, la edad, la victoria, el desastre, la risa y las lágrimas. Estaban los masturbadores frenéticos y compulsivos, los lentos, que se acariciaban durante media hora, los que gemían, y los que suspiraban, y la mayoría de los hombres, cuando apretaban el gatillo y comenzaban los disparos, se sacudían, corcoveaban, contenían el aliento y sollozaban, emitían sonidos de dolor, de alegría, y algunas veces estertores de agonía. Había algo apropiado en que las imágenes de los amantes a su alrededor fuesen opacas. Eran universales, eran fantasmas, y no se podía ver ninguna llaga, o señal de crueldad, fealdad, estupidez o belleza. Farragut iba allí con asiduidad después de que se fuera Jody.

Cuando Farragut vaciaba sus pelotas en el canalón no sentía una pena sincera; más que nada, cierto desencanto por haber derramado su energía sobre el hierro. Al alejarse del canalón, tenía la sensación de haber perdido el tren, el avión, el barco. Lo había perdido. Sentía un gran alivio o mejoría física; las corridas le despejaban el cerebro. La vergüenza y el remordimiento no tenían nada que ver con lo que sentía cuando se alejaba del canalón. Lo que sentía, lo que veía, era la absoluta miseria de la razón erótica. Así era como había errado el objetivo, y el objetivo era el misterio de la unión de la carne y el espíritu. Lo sabía bien. El buen estado físico y la belleza tenían un límite. El buen estado físico y la belleza tenían una dimensión, tenían un suelo, incluso los océanos tenían un suelo, y él había cometido una transgresión. No era algo imperdonable —una transgresión venial— pero se veía reprochado por la majestad del mundo. El mundo era majestuoso; incluso en la cárcel sabía que lo era. Se había quitado una piedra del zapato en mitad de la misa. Recordó el pánico que había sentido una vez de niño cuando se encontró los pantalones, las manos y los faldones de la camisa empapados con una sustancia que se cristalizaba. Había aprendido del *Manual del niño explorador* que la polla se le volvería larga y delgada como un cordón de zapato, y que el jugo que se derramaba por el agujero era la esencia de su poder cerebral. Esa mezquina mojadura demostraba que fracasaría en su examen de ingreso a la universidad y que tendría que estudiar en un colegio universitario agrícola venido a menos en algún lugar del Medio Oeste...

Entonces reapareció Marcia en su ilimitada belleza, con el aroma de todo lo provocativo. No lo besó, ni él intentó acariciarle la mano.

—Hola, Zeke —dijo ella—. Aquí tengo una carta de Peter.

—¿Cómo está?

—Parece que bien. No lo veo porque cuando no está en la escuela está de colonias. Sus tutores me dicen que es amable e inteligente.

—¿Puede venir a verme?

—Ellos opinan que no, al menos en este momento de su vida. Todos los psiquiatras y consejeros con quienes he hablado, y he sido muy concienzuda, consideran que al ser hijo único, la experiencia de visitar a su padre en la cárcel puede ser traumática. Sé que tú tienes a los psicólogos por unos inútiles, y me inclino a estar de acuerdo contigo, pero todo lo que podemos hacer es aceptar los consejos de los hombres más acreditados y con una gran experiencia, y ésa ha sido su opinión.

—¿Puedo ver su carta?

—Podrás si la encuentro. Hoy es uno de esos días en que

no encuentro nada. No creo en los *poltergeists*, pero hay días que encuentro las cosas y otros que no hay manera. Hoy es uno de los peores. Esta mañana no podía encontrar la tapa de la cafetera. No podía encontrar las naranjas. Luego no encontraba las llaves del coche, y cuando las encontré y salí para ir a buscar a la asistenta, no recordaba dónde vivía. No podía encontrar el vestido, no podía encontrar los pendientes. No podía encontrar las medias y no podía encontrar las gafas para buscar las medias. —Él la hubiese matado ahí mismo de no haber encontrado ella un sobre donde su nombre aparecía escrito torpemente a lápiz. Lo dejó sobre el mostrador—. No le pedí que escribiera la carta y no tengo idea de su contenido. Quizá tendría que habérsela enseñado a los consejeros, pero sabía que tú hubieses preferido que no lo hiciera.

—Muchas gracias —dijo Farragut. Se guardó la carta debajo de la camisa, pegada a la piel.

—¿No vas a abrirla?

—Me la guardo para después.

—Bueno, eres afortunado. Que yo sepa, es la primera carta que ha escrito en su vida. Cuéntame cómo estás, Zeke. No puedo decir que estés pimpante, pero se te ve bien. Sigues teniendo el aspecto de ser el mismo. ¿Todavía sueñas con tu rubia? Claro que sí, salta a la vista. ¿No comprendes que nunca existió, Zeke, y que nunca existirá? Oh, sé por la manera que inclinas la cabeza que todavía sueñas con una rubia que nunca tiene la regla, ni se afeita las piernas ni contradice cualquier cosa que digas o hagas. ¿Te has echado aquí algún novio?

—Tuve uno —respondió Farragut—, pero nunca me la han metido por el culo. Cuando muera quiero que pongas en la lápida: «Aquí yace Ezekiel Farragut, al que nunca se la metieron por el culo.»

Ella pareció súbitamente conmovida, de repente pareció encontrar alguna admiración por él; su sonrisa y su presencia parecieron receptivas y amables.

—Tienes todo el pelo blanco, cariño —dijo Marcia—. ¿Lo sabías? Llevas aquí menos de un año y ya tienes el pelo blanco como la nieve. Es muy atractivo... Tengo que irme. Te he dejado la compra en la entrada.

Él llevó la carta debajo de la camisa hasta que apagaron las luces y el televisor, y leyó, en el resplandor que llegaba del patio: «Te quiero.»

A medida que se acercaba el día de la llegada del cardenal, incluso los que cumplían cadena perpetua dijeron que nunca habían visto tanto jaleo. Farragut estaba muy ocupado picando matrices para hojas de órdenes e instrucciones. Algunas de las órdenes parecían una locura. Por ejemplo: «Es obligatorio que todas las unidades de internos canten el *Dios salve América* cuando desfilen desde el patio de formar.» El sentido común acabó con ella. Nadie obedeció la orden y nadie intentó hacerla cumplir. Todos los días, durante diez días, llevaban a los reclusos al patio del patíbulo, al campo de pelota, y a lo que ahora se había convertido en el patio de formar. Se les hacía permanecer en posición de firmes, incluso bajo una lluvia torrencial. Estaban todos excitados y en esa excitación había una gran parte de seriedad. Cuando el Pollo Número Dos se marcó unos pasos de baile acompañado por un estribillo que decía: «Mañana es el día que repartirán cardenales como un cuarto de kilo de queso», nadie se rió, absolutamente nadie. El Pollo Número Dos era un gilipollas. El día anterior a la visita, todos se ducharon. El agua caliente se acabó alrededor de las once de la mañana y la galería F no pudo ir a las duchas hasta después de comer. Farragut estaba de nuevo en la celda, ocupado en lustrarse los zapatos, cuando regresó Jody.

Oyó los gritos y los silbidos, y cuando levantó la cabeza vio que Jody caminaba hacia su celda. Jody había engordado. Se le veía bien. Caminaba hacia Farragut con su bonito contoneo. Farragut lo prefería mucho más que aquel sinuoso andar rápido que adoptaba cuando iba caliente y su pelvis parecía sonreír como una calabaza. El sinuoso andar rápido había hecho que Farragut recordara las hiedras, y las hiedras, como sabía, había que cuidarlas porque si no podían destruir las torres de piedra, los castillos y las catedrales. La hiedra podía derribar una basílica. Jody entró en la celda y lo besó en la boca. Sólo el Pollo Número Dos silbó.

—Adiós, cariño —dijo.

—Adiós —respondió Farragut.

Sus sentimientos eran caóticos y podría haber llorado, pero podría haber llorado por la muerte de un gato, un cordón de zapato roto, un lanzamiento desviado. Podía besar a Jody apasionadamente, pero no con ternura. Jody se volvió y se fue. Farragut no había hecho nunca nada con Jody tan excitante como decirle adiós. Entre las playas y las tumbas y otros asuntos que había desenterrado en la búsqueda del significado de su amistad, había pasado completamente por alto la emoción del conspirador que ve escapar a su amante.

Pequeñín los envió a las celdas a las ocho con las bromas habituales del sueño reparador y el machacársela. Dijo que quería que sus hombres se vieran hermosos para el cardenal. Apagó las luces a las nueve. La única luz era la del televisor. Farragut se fue a la cama y se durmió. El estrépito del váter lo despertó y luego oyó que tronaba. En un primer momento el sonido lo complació y excitó. Las azarosas explosiones de los truenos parecieron decir que el cielo no era un infinito sino una construcción sólida de cúpulas, rotondas y arcos. Entonces recordó que en el comunicado se decía que en caso de lluvia se suspendería la ceremonia. La idea de que una tormenta eléctrica inaugurara un día de lluvia lo inquietó profundamente. Desnudo, se acercó a la ventana. Aquel hombre desnudo estaba preocupado. Si llovía, no habría fuga, ni cardenal, ni nada. Entonces, apiadaos de él; intentad comprender sus temores. Estaba solo. Su amor, su mundo, su todo, habían desaparecido. Quería ver a un cardenal en un helicóptero. Las tormentas, pensó ilusionado, podían traer cualquier cosa. Podían traer un frente frío, un frente cálido, un día donde la claridad de la luz pareciera llevarte de hora en hora. Entonces comenzó la lluvia. Diluvió en la cárcel y aquella parte del mundo. Pero sólo duró diez minutos. Luego la lluvia, la tormenta, se alejaron compasivamente hacia el norte, y con la misma rapidez y con la misma brevedad aquel rancio y vigoroso olor que provoca la lluvia voló hasta y por encima de donde estaba Farragut, junto a la ventana enrejada. Siempre reaccionaba con su larga, larga nariz, a esa penetrante fragancia allí donde había estado: gritando, levantando los brazos, sirviendo una copa. Ahora había un rastro, un recuerdo, de la primitiva excitación, pero había sido cruelmente eclipsada por los barrotes. Se acostó de nuevo y se durmió con el ruido del agua de lluvia que goteaba de los canalones.

Farragut consiguió aquello que había suplicado: un día de incomparable belleza. De haber sido un hombre libre, hubiese dicho que era capaz de caminar en la luz. Era un día festivo; era el día del gran partido de rugby; era el circo; era el 4 de julio; era la regata; y amaneció como debía ser: claro, fresco y hermoso. Les sirvieron dos lonchas de tocino en el desayuno, gentileza de la diócesis. Farragut recorrió el túnel hasta la cola de la metadona e incluso esa muestra despreciable de humanidad parecía estar de lo más animada. A las ocho estaban junto a las puertas de las celdas, afeitados, vestidos con sus camisas blancas y algunos de ellos con ungüentos en el pelo, lo sabía por la mezcla de perfumes que flotaba de un extremo a otro de la galería. Pequeñín les pasó revista y después, como ocurre en cualquier día festivo o ceremonia, no les quedó más que matar el tiempo.

En la televisión daban un programa de dibujos animados. Oían los silbatos en las otras galerías y a los guardias que habían sido militares intentando a voz en cuello que sus hombres mantuvieran la formación. Entonces eran poco más de las ocho y al cardenal no se le esperaba hasta el mediodía, pero ya estaban haciendo que los hombres salieran al patio. Los muros mantenían a raya al sol de finales de primavera, pero caería a plomo en el patio a mediodía. El Pollo y el Cornudo jugaban a los dados. Farragut no tenía problemas para pasar el rato porque estaba en la cima del subidón de metadona. El tiempo era pan fresco, el tiempo era un elemento amable, el tiempo era el agua donde nadas, el tiempo se movía con la gracia de la luz. Farragut intentó leer. Se sentó en el borde del camastro. Era un hombre de cuarenta y ocho años, sentado en el borde de su camastro, en una cárcel en la que se le había confinado injustamente por el asesinato de su hermano. Era un hombre con la camisa blanca sentado en el borde de un camastro. Pequeñín hizo sonar su silbato y volvieron a formar delante de las celdas. Lo hicieron cuatro veces. A las diez y media los hicieron formar de dos en fondo y marcharon por el túnel, y después formaron en una zona con forma de tarta marcada con una «F» pintada con cal.

La luz había comenzado a llegar al patio. Oh, era un gran día. Farragut pensó en Jody y se planteó que si no conseguía fugarse, lo encerrarían en la celda o en el agujero y quizá le caerían otros siete años por intento de fuga. Hasta donde sabía, él y el ayudante del capellán eran los únicos enterados del plan. Entonces Pequeñín les ordenó prestar atención.

—Necesito contar con vuestra colaboración —dijo Pequeñín—. No es fácil para nosotros tener a dos mil cabrones juntos en el patio. Hoy los guardias de las torres han sido reemplazados por tiradores de primera y, como todos sabéis, tienen derecho a disparar contra cualquier recluso que les parezca sospechoso. Hoy tenemos tiradores de primera, así que no dispararán al aire. El líder de los Panteras Negras ha aceptado no hacer su saludo. Cuando el cardenal llegue, estaréis en posición de descanso. Si alguno de vosotros no ha estado en el ejército, preguntadle a un amigo qué es. Es así. Han seleccionado a veinticinco hombres para que comulguen. El cardenal tiene muchos compromisos y sólo estará aquí unos veinte minutos. Primero escucharemos al alcaide y después al comisionado, que viene de Albany. Después entregará los diplomas, oficiará la misa, os bendecirá a todos y se largará. Supongo que os podéis sentar si queréis. Os podéis sentar, pero cuando recibáis la orden de atención os quiero a todos bien erguidos, impecables y con las cabezas bien altas. Quiero estar orgulloso de vosotros. Si queréis mear, mead, pero no meéis donde alguien se vaya a sentar.

Gritaron unos cuantos vivas por Pequeñín y después mearon. Había, pensó Farragut, cierta universalidad en una vejiga llena. Durante el tiempo de la meada todos se comprendieron perfectamente los unos a los otros. Luego se sentaron.

Alguien estaba probando el sistema de megafonía. «Uno, dos, tres, probando. Uno, dos, tres, probando.» La voz era fuerte y chirriante. Pasó el tiempo. El abogado de Dios fue puntual. A las doce menos cuarto recibieron la orden de atención. No lo hicieron mal. Llegó el sonido del helicóptero desde más allá de las colinas, fuerte, a baja altitud, débil, débil en el profundo valle del río; suave y fuerte, colinas y valles, el ruido evocaba el contorno del terreno más allá de las paredes. El helicóptero, cuando apareció a la vista, no tenía más gracia que un lavavajillas volador, pero eso no tenía la más mínima importancia. Se posó suavemente en el objetivo y por la puerta salieron tres acólitos, un monseñor de negro, y el cardenal en persona, un hombre agraciado por Dios con gran dignidad y belleza o escogido por la diócesis por esas distinciones. Levantó la mano. Su anillo brilló con poder espiritual y político.

—He visto mejores anillos en las putas —susurró el Pollo Número Dos—. Ningún perista te daría ni treinta pavos. La última vez que atraqué una joyería vendí todo el paquete por...

Las miradas lo hicieron callar. Todos se volvieron para hacerlo callar.

El púrpura de las prendas del cardenal parecía vivo y puro, y su porte era admirable y hubiese contenido a una algarada. Descendió del helicóptero recogiéndose la falda, no como una mujer que sale de un taxi sino como un cardenal que sale de su transporte aéreo. Hizo la señal de la cruz bien alto y bien ancho, hasta donde le llegaba el brazo, y un gran hechizo religioso cayó sobre el lugar. *In nomine Patris et Filii et Spiritus Sancti*. A Farragut le hubiese gustado rezar por la felicidad de su hijo, por su esposa, por el bien de su amante, por el alma de su hermano muerto, le hubiese gustado rezar para engrandecer su sabiduría, pero la única palabra que pudo sacar de tantas intenciones fue su amén. «Amén», dijeron otros mil, y la palabra, salida de tantas gargantas, se elevó en el campo como un solemne susurro.

Luego el sistema de megafonía comenzó a funcionar tan bien que todos oyeron la confusión que siguió.

—Usted va primero —le dijo el comisionado al alcaide.

—No, le toca a usted —le respondió el alcaide al comisionado—. Aquí dice que va usted.

—Pues yo le digo que va usted —le dijo el comisionado, furioso, al alcaide.

El alcaide se adelantó, se arrodilló, besó el anillo del cardenal y, de nuevo de pie, dijo:

—La gentileza de su eminencia al arriesgar cuerpo y alma para venir a visitarnos al Centro de Rehabilitación de Falconer es profundamente apreciada por mí y los oficiales, los guardias y todos los prisioneros. Me recuerda que, cuando era un niño y tenía sueño, mi padre me llevaba en brazos desde el coche a la casa, al final de un largo viaje. Yo pesaba lo mío, pero sabía lo bondadoso que estaba siendo conmigo, y es así como me siento ahora.

Se oyeron aplausos —como el sonido del agua que golpea la piedra—, pero a diferencia del indescifrable sonido del agua, la intención era claramente agradecida y cortés. Farragut recordaba con mayor claridad los aplausos que había oído delante de un teatro, un auditorio o una iglesia. Los había oído con toda claridad como el hombre que espera en el aparcamiento a que termine el espectáculo. Siempre le había asombrado y conmovido profundamente cómo unas personas tan diversas y agresivas podían coincidir en esa señal de entusiasmo y asentimiento. El alcaide le cedió el micrófono al comisionado. El comisionado tenía el pelo gris, vestía traje y corbata gris. A Farragut le recordó el gris y los ángulos de los archivadores en un lugar muy lejano.

—Su eminencia —leyó de un papel donde tenía escrito el discurso y era evidente que lo leía por primera vez—. Damas y caballeros. —Frunció el entrecejo, levantó la cabeza y las gruesas cejas ante el fallo del redactor del discurso—. ¡Caballeros! —exclamó—. Quiero expresar mi gratitud y la gratitud del gobernador al cardenal, quien por primera vez en la historia de esta diócesis y quizá en toda la historia de la humanidad viene a visitar un centro de rehabilitación en un helicóptero. El gobernador les ofrece sus más sinceras disculpas por no poder estar aquí en persona para expresarle su gratitud, pero ahora está, como todos ustedes saben, recorriendo las zonas inundadas en el noroeste del Estado. En estos días —dijo alzando la voz— se oye hablar mucho de la reforma penitenciaria. Se escriben libros que son éxitos de ventas sobre la reforma penitenciaria. Los llamados penalistas profesionales viajan de costa a costa para hablar de la reforma penitenciaria. Pero ¿dónde comienza la reforma penitenciaria? ¿En las librerías? ¿En las salas de conferencias? No. La reforma penitenciaria, como todos los sinceros empeños por la reforma, comienza por la propia casa, y ¿cuál es esa casa? ¡La casa es la cárcel! Hoy hemos venido aquí para conmemorar el atrevido paso hecho posible por la Universidad de la Banca Fiduciaria, la archidiócesis, el Departamento Correccional y por encima de todo por los propios presos. Todos juntos hemos conseguido aquello que se podría comparar (sólo comparar, por supuesto) con un milagro. Estos ocho hombres humildes han superado con honores una prueba muy difícil que muchos y muy conocidos empresarios no han aprobado. Ahora bien, sé que todos ustedes, al venir aquí, han sacrificado, con pesar, el derecho al voto, un sacrificio que el gobernador pretende cambiar, y si ustedes, en alguna fecha posterior, encuentran su nombre en una papeleta, estoy seguro de que recordarán este día. —Se levantó el puño de la camisa para consultar su reloj—. Mientras hago entrega de estos codiciados diplomas les ruego que no aplaudan hasta que acabe. Frank

Masullo, Herman Meany, Mike Thomas, Henry Philips...
—Cuando acabó de entregar el último diploma, bajó la voz
en un conmovedor cambio de los temas seculares a los espirituales y dijo—: Su eminencia oficiará ahora la misa.
Exactamente en aquel momento Jody salió del cuarto de
calderas detrás del altar. Hizo una profunda genuflexión a
la espalda del cardenal y ocupó su lugar a la derecha del altar, la consumada figura de un acólito tardón que había ido
a echar una meada. *Adiutorium nostrum in Nomine Domini*. El éxtasis de
la plegaria hechizó a Farragut como el éxtasis del amor. *Mi-
sereatur tui omnipotens Deus et dismissis pecatis tuis. Mise-
reatur vestri omnipotens Deus et dismissis pecatis vestris
perducat vos ad vitam aeternam. Indulgentiam, absolutio-
nem, et remissionem pecatorum nostrorum tribuat nobis
omnipotens et misericors Dominus. Deus tu conversus vivi-
ficabis nos. Ostende nobis, Domine misericordiam tuam.*
Llegó al *Benedicat* y al último *Amen*. Luego trazó otra gran
cruz y subió al helicóptero, escoltado por su comitiva, incluido Jody.

Las aspas levantaron una nube de polvo y la máquina
ascendió. Alguien puso una grabación de campanadas en el
sistema de megafonía y comenzaron a sonar en un glorioso
clamor. ¡Oh, gloria, gloria, gloria! La exaltación de las campanas anuló el chirrido de la aguja y un ligero alabeo del dis-
co. El sonido del helicóptero y las campanas llenaron el cielo y la tierra. Todos vitorearon y vitorearon y vitorearon, y

algunos lloraron. Cesó el sonido de las campanas, pero el helicóptero continuó interpretando su geodésica exploración del terreno circundante: el brillante, perdido y amado mundo.

El helicóptero del cardenal aterrizó en La Guardia, donde lo esperaban dos grandes automóviles. Jody sólo había visto coches como ésos en las películas. Su eminencia y el monseñor subieron a uno. Los acólitos ocuparon el segundo. La excitación de Jody era tremenda. Temblaba. Intentó concentrar su pensamiento en dos cosas. Se emborracharía. Echaría un polvo. Se aferró a esos dos objetivos con cierto éxito, pero le sudaban las palmas, el sudor le corría por las costillas y por las cejas, hasta los ojos. Entrelazó las manos para ocultar el temblor. Tenía miedo de que cuando el coche llegara a su destino fuera incapaz de caminar como un hombre libre. Lo había olvidado. Imaginó que el asfalto se levantaría para golpearlo entre los ojos. Luego se convenció a sí mismo de que era parte de un milagro, que había cierta congruencia entre su fuga y la voluntad de Dios. Tendría que improvisar sobre la marcha.

—¿Adónde vamos? —le preguntó a uno de los otros.

—Supongo que a la catedral —respondió—. Allí dejamos nuestras prendas. ¿De dónde has venido?

—De San Anselmo —dijo Jody.

—¿Cómo fuiste a la cárcel?

—Fui temprano —contestó Jody—. Fui en tren.

La ciudad, al otro lado de las ventanillas del coche, parecía mucho más salvaje y extraña que hermosa. Imaginó la longitud del tiempo que pasaría —veía el tiempo como la longitud de una carretera, algo que se medía con los instrumentos de un topógrafo— antes de que pudiera moverse sin ser consciente de sí mismo. Cuando el coche se detuvo abrió la puerta. El cardenal subía las escalinatas de la catedral y dos transeúntes se arrodillaron en la acera. Jody bajó del coche. No tenía fuerza en las piernas. La libertad lo golpeó con la fuerza de un viento huracanado. Cayó de rodillas e interrumpió la caída con las manos.

—Mierda, tío, ¿estás borracho? —le preguntó uno de los acólitos.

—El vino estaba mezclado con uno muy fuerte —dijo Jody—. El vino estaba mezclado.

Entonces recuperó las fuerzas, todas, se levantó y siguió a los demás al interior de la catedral y a la sacristía, que era como cualquier otra. Se quitó la túnica, y mientras los demás hombres se ponían corbatas y chaquetas, él intentó vestirse con la camisa blanca, el pantalón de faena y las zapatillas de baloncesto con dignidad. Lo hizo ensanchando los hombros. Se vio a sí mismo en un espejo de cuerpo entero y vio que tenía todo el aspecto de un preso fugado. No había nada en él —el corte de pelo, la palidez, el andar— que un tipo medio borracho no hubiese catalogado como un presidiario.

—Su eminencia querría hablar con usted —dijo el monseñor—. Por favor, acompáñeme.

Abrieron una puerta y entró en una habitación que se parecía un poco a la sala de estar del párroco de su barrio. El cardenal estaba allí, ahora vestido con un traje oscuro, y le ofreció la mano derecha. Jody se arrodilló y le besó el anillo.

—¿De dónde es? —preguntó el cardenal.

—De San Anselmo, su eminencia —respondió Jody.

—No hay ninguna parroquia de San Anselmo en la diócesis —replicó el cardenal—, pero sé de dónde es. No sé por qué se lo he preguntado. El tiempo debe de jugar un papel importante en sus planes. Supongo que dispondrá de unos quince minutos. Es excitante, ¿verdad? Salgamos de aquí.

Abandonaron la sala y la catedral. En la acera, una mujer se arrodilló y el cardenal le ofreció el anillo para que lo besara. Jody vio que era una actriz que había visto en la televisión. Otra mujer se arrodilló y besó el anillo antes de que llegaran al final de la manzana. Cruzaron la calle y una tercera mujer se arrodilló y le besó el anillo. A ella le dedicó una señal de la cruz trazada con un gesto de cansancio, y luego entraron en una tienda. Que advirtieran su presencia fue cuestión de segundos. Alguien de autoridad se acercó a ellos y preguntó si el cardenal deseaba un cuarto privado.

—No estoy seguro —respondió él—. Se lo dejo en sus manos. Este joven y yo tenemos una cita importante dentro de quince minutos. No lleva las prendas adecuadas.

—Lo solucionaremos —afirmó la autoridad.

Midieron a Jody con una cinta métrica.

—Tiene el cuerpo de un maniquí —comentó el hombre.

A Jody esto se le subió a la cabeza, pero comprendió que la vanidad estaba fuera de lugar en el milagro. Veinte minutos más tarde caminaba por la avenida Madison. Su andar era elástico: el andar de un hombre que iba a la primera base de puntillas, algo que, en determinadas circunstancias, puede parecer un milagro.

Era un día de agosto. Un día de perros. En Roma y París no quedaría nadie excepto los turistas, e incluso el papa estaría tomándoselo con calma en Gandolfo. Después de la cola de la metadona, Farragut fue a cortar el césped en el amplio espacio entre el edificio de la escuela y la galería A. Sacó la segadora y el bidón de combustible del garaje y bromeó con Perro Loco. Arrancó el motor con un tirón, lo que le hizo recordar los motores fueraborda de los lagos de las montañas en un pasado lejano. Aquél fue el verano en que aprendió a hacer esquí acuático, no tras un fueraborda, sino tras una lancha de carreras llamada *Gar-Wood*. Cruzó la estela a estribor —bang— en una ondulada y arrugada extensión de agua y luego atravesó una cortina de agua.

—Tengo mis recuerdos —le dijo a la segadora—. No me puedes quitar mis recuerdos.

Una noche, él, un hombre llamado Tony y dos chicas, y una botella de whisky escocés, habían corrido ocho millas por el lago con el acelerador a tope —no hubieses podido oír ni un trueno— hasta el muelle de donde salían las excursiones, donde había una gran esfera de reloj debajo de un cartel que decía: LA PRÓXIMA EXCURSIÓN A LOS ESTRECHOS SERÁ A... Habían ido a robar la gran esfera del reloj. Quedaría fantástica en el dormitorio de alguien, junto al botín de la señal de CEDA EL PASO y de CUIDADO, ANIMALES. Tony iba al timón y Farragut había sido designado como ladrón. Saltó por encima de la borda y comenzó a tirar de la esfera del reloj, pero estaba bien sujeta. Tony le pasó a Farragut una llave inglesa de la caja de herramientas y él la utilizó para romper los soportes, pero el ruido despertó al vigilante, que cojeó tras él mientras Farragut se llevaba la esfera del reloj a la *Gar-Wood*.

—Alto —gritó el viejo con su voz de viejo—. Alto, alto, alto. ¿Por qué haces eso? ¿Por qué tienes que romperlo todo? ¿Por qué tienes que hacer difícil la vida para los viejos como yo? ¿De qué sirve, de qué le sirve a nadie? ¿Qué estás haciendo excepto quitarle la ilusión a la gente, hacer que la gente se enfade y costarle dinero a la gente? Alto, alto, alto. Devuélvelo y no diré nada. Alto, alto...

El ruido del motor, cuando escaparon, ocultó la voz del viejo, pero Farragut la oiría, más poderosa que el whisky y la chica, durante toda aquella noche y, supuso, durante el resto de su vida. Se lo había descrito a los tres psiquiatras a los que había ido.

—Verá, doctor Gaspoden, cuando oí al viejo gritar: «Alto, alto», comprendí a mi padre por primera vez en mi vida.

Cuando oí al viejo gritar «Alto, alto», oí a mi padre. Sabía cómo se sentía mi padre cuando le cogía el frac y me iba a dirigir el cotillón. La voz de aquel viejo desconocido en una noche de verano hizo que viera claro a mi padre por primera vez en mi vida…

Todo esto se lo dijo a la segadora.

Era un día de mierda. El aire estaba tan cargado que calculó la visibilidad en unos ciento ochenta metros. ¿Podría aprovecharlo para fugarse? Le pareció que no. Pensar en la fuga le recordó a Jody, un recuerdo que había sido muy alegre y despreocupado desde que él y Jody se habían despedido con un beso apasionado. La administración, y quizá la archidiócesis, habían puesto sordina a la fuga de Jody, de modo que ni siquiera era una figura en la mitología carcelaria. DiMatteo, el ayudante del capellán, le había contado los hechos a Farragut. Se habían encontrado en el túnel una noche oscura en que Farragut salía del Valle. No habían pasado más de seis semanas desde la fuga de Jody. DiMatteo le mostró un recorte de periódico con una foto de Jody que le habían enviado por correo. Era Jody en el día de su boda; Jody en su momento de mayor belleza y triunfo. Su apabullante luminosidad brillaba a través de la letra impresa de un periódico de una pequeña ciudad. La novia era una tímida y bonita oriental, y el texto decía que H. Keith Morgan se había casado aquel día con Sally Chou Lai, la hija menor de Ling Chou Lai, presidente de la Viaduct Wire Factory, donde trabajaba el novio. No había nada más y Farragut no necesitaba más. Se rió estrepitosamente, pero no fue el caso de DiMatteo, que dijo furioso:

—Me prometió que me esperaría. Le salvé la vida y me prometió que me esperaría. Me amaba, oh, Dios, cuánto me amaba. Me dio su cruz dorada.

DiMatteo levantó la cruz de entre los rizos de su pecho y se la enseñó a Farragut. El conocimiento de la cruz que tenía Farragut era íntimo —quizá llevaba la marca de sus dientes— y los recuerdos de su amante eran vívidos, pero en absoluto tristes.

—Seguramente se ha casado con ella por su dinero —dijo DiMatteo—. Debe de ser rica. Prometió que me esperaría.

Farragut segaba el césped de una manera planificada. Aproximadamente a la mitad de la circunferencia del terreno invertía la dirección de forma tal que el césped, al caer, no se amontonara, secara y amarilleara. Había oído o leído en alguna parte que el césped cortado fertilizaba el césped vivo, aunque él había observado que el césped muerto era singularmente inerte. Caminaba descalzo porque se afirmaba mejor con las plantas de los pies desnudos que con las botas de reglamento. Había atado los cordones de las botas y las llevaba colgadas alrededor del cuello para evitar que se las robaran y las convirtieran en correas de reloj. La severa geometría de la siega le agradaba. Para cortar la hierba, uno seguía el contorno de la tierra. Estudiar el contorno de la tierra —analizarlo como uno hacía cuando esquiaba— era estudiar y analizar el contorno del vecindario, del condado, del Estado, del continente, del planeta; y estudiar y analizar el contorno del planeta era estudiar y analizar la naturaleza de sus vientos, como había hecho su anciano padre cuando navegaba en laúdes y balandros. Tenía algo único, un goce.

Cuando acabó de segar el césped llevó la segadora de nuevo al garaje.

—Hay un motín en El Muro —dijo Perro Loco, agachado junto a un motor y volviendo la cara—. Lo han dicho en la radio. Tienen a veintiocho rehenes, típico de esta época del año. Quemas el colchón y te machacan la cabeza. Es la época del año.

Farragut corrió de regreso a su celda. A esa hora reinaba una agradable quietud. Pequeñín miraba un concurso en la tele. Farragut se quitó la ropa y se lavó el sudor del cuerpo con un trapo y agua fría.

—Ahora —dijo el presentador—, echemos otra mirada a los premios. Primero tenemos un juego de café Thomas Jefferson de ocho piezas bañadas en plata.

Cortaron y mientras Farragut se ponía el pantalón, otro presentador —un joven de facciones muy marcadas y el pelo amarillo— dijo solemnemente:

—Los internos de la prisión de Amana, conocida vulgarmente como El Muro, se han amotinado y han tomado como rehenes entre veintiocho y treinta guardias. Han amenazado con degollarlos si no se accede a sus peticiones. El superintendente de prisiones John Cooper, perdón, el

superintendente de los Centros de Rehabilitación Cooper
ha aceptado reunirse con los internos en un lugar neutral y
está a la espera de que llegue Fred D. Emison, director del
Departamento Correccional del Estado. Continuaremos
informando en próximos boletines.

En la pantalla apareció de nuevo el concurso.

Farragut miró a Pequeñín. Tenía el rostro blanco como
la tiza. Farragut echó una ojeada a la galería. Tenis, Bumpo
y el Tapia estaban en las celdas. El Tapia estaba desenchu-
fado. Eso significaba que tres de ellos lo sabían. El Mudo y
el Pollo Número Dos entraron y le dirigieron una mirada.
Lo sabían. Farragut intentó adivinar qué pasaría. Supuso
que prohibirían cualquier clase de reunión, y que evitarían
cualquier medida disciplinaria provocativa. Se iban a reu-
nir todos para la comida, pero cuando sonó la campana de
la comida, Pequeñín abrió las puertas de las celdas y se
fueron hacia el comedor.

—¿Has oído lo que han dicho en la tele? —le preguntó
Pequeñín a Farragut.

—¿Te refieres al juego de café Thomas Jefferson de ocho
piezas bañadas en plata? —respondió Farragut.

Pequeñín sudaba. Farragut había ido demasiado lejos.
Se sentía ligero como una pluma. Se había pasado. Pequeñín podría haberlo mandado de nuevo a la celda, pero estaba
asustado y Farragut podía ir a comer. Las ordenanzas pres-
cribían la hora de la comida. Farragut miró en todos los rostros que veía para juzgar si estaban o no enterados. Calculó

un veinte por ciento. La agitación en el comedor, pensó, era enorme, y se produjeron varios estallidos de una alegría histérica. Un hombre comenzó a reír y no podía parar. Se convulsionaba. Les sirvieron unas muy generosas raciones de cerdo con una salsa espesa y de postre media pera en almíbar. Todos los internos volverán a las celdas después de comer hasta nuevo aviso. Todos los internos volverán a las celdas después de comer hasta nuevo aviso. Estaba seguro de que lo dirían. Casi todo dependía de los próximos diez minutos. Pasados esos diez minutos los tenían a todos, hasta donde Farragut sabía, de nuevo en las celdas. Clang.

Todos tenían radios. Cuando volvieron a las celdas, el Pollo sintonizó una emisora que transmitía música bailable y se tendió en el camastro con una gran sonrisa.

—Apágala, Pollo —le gruñó Farragut, con la ilusión de que si la radio estaba apagada nadie pensaría en ella.

Pero era una estupidez porque todo el mundo lo sabía. Diez minutos más tarde oyeron el anuncio. Todas las radios tendrán que ser entregadas al celador de la galería para una puesta a punto y reparación gratuita. Todas las radios tendrán que ser entregadas al celador de la galería para una puesta a punto y reparación gratuita. Pequeñín recorrió la galería para recoger las radios. Se oyeron gemidos y maldiciones, y el Cornudo arrojó su radio a través de los barrotes para que se destrozara contra el suelo.

—¿Hoy te sientes bien, Bumpo? —preguntó Farragut.

—No —respondió Bumpo—. Nunca he soportado el clima húmedo.

Entonces no lo sabía. Sonó el teléfono. Era una llamada para Farragut. Debía ir al despacho para picar dos matrices. Marshack lo estaría esperando en la sala de guardia.

El túnel estaba desierto. Farragut nunca lo había visto vacío. Podían tenerlos a todos encerrados, pero permaneció atento a los sonidos de la inevitable rebelión que seguiría al motín en El Muro. Le pareció oír a lo lejos gritos y alaridos, pero cuando se detuvo e intentó descifrar el sonido decidió que podía ser el ruido del tráfico al otro lado de las paredes. De vez en cuando se oía el débil aullido de una sirena, pero en el mundo civil sonaban las sirenas a todas horas. Cuando se acercaba a la sala de guardia oyó una radio. «Los internos han exigido la suspensión de las represalias físicas y administrativas, y una amnistía general.» Entonces apagaron la radio. Era posible que hubiesen advertido o calculado su llegada. En la sala había cuatro guardias sentados alrededor de una radio. Una botella de whisky en la mesa. Las miradas que le dirigieron eran vacías y odiosas. Marshack —tenía los ojos pequeños y el cráneo afeitado— le dio dos hojas de papel. Farragut recorrió el pasillo hasta su despacho y cerró de un portazo la puerta de cristal y tela metálica. En cuanto cerró la puerta oyó de nuevo la radio. «Hay fuerzas suficientes para recuperar la cárcel en cualquier momento. La pregunta es si las vidas de veintiocho inocentes justifican la amnistía de dos mil criminales convictos. Por la mañana...»

Farragut vio la sombra de Marshack en la puerta de cristal. Abrió un cajón violentamente, arrancó una hoja del bloc de matrices y la colocó en la máquina lo más ruidosamente posible. Observó que la sombra de Marshack se deslizaba por el cristal hasta donde podía, agachado, para espiar por el ojo de la cerradura. Farragut sacudió las hojas vigorosamente y leyó los mensajes, escritos a lápiz con una letra infantil. «Todo el personal deberá mostrar la mayor fuerza posible en todas las reuniones. Si no hay fuerza, no hay reuniones.» Ése era el primero. El segundo decía: «Louisa Pierce Spingarn, en memoria de su amado hijo Peter, ha dispuesto para todos los internos que lo deseen que se los fotografíe a todo color junto a un árbol de Navidad decorado y que se envíen dichas fotografías...» Marshack abrió la puerta y permaneció en el umbral. El verdugo, el poder final.

—¿Qué es esto, sargento? —preguntó Farragut—. ¿De qué va esto del árbol de Navidad?

—No lo sé, no lo sé —respondió Marshack—. Supongo que es una de esas putas benefactoras. No hacen más que causar problemas. Lo único importante es la eficacia, y cuando no hay eficacia, no tienes más que mierda.

—Lo sé —admitió Farragut—, pero ¿qué es todo esto del árbol de Navidad?

—No conozco toda la historia —dijo Marshack—, pero esa tía, la tal Spingarn, tuvo un hijo que me parece que murió en la cárcel. No en este país sino en alguna parte como la India o Japón. Quizá fue en alguna guerra. No lo sé. Así que piensa mucho en las cárceles y tiene enchufe en el Departamento Correccional y les da dinero para que los imbéciles como vosotros os fotografiéis a todo color junto a un árbol de Navidad y después que manden las fotos a vuestras familias si es que alguno de vosotros tiene familia, cosa que dudo. Es un terrible desperdicio de dinero.

—¿Cuándo hizo ese invento?

—Oh, no lo sé. Hace mucho. Quizá años. Alguien lo recordó esta tarde. Es para que os mantengáis ocupados. Lo próximo que harán será organizar concursos de bordados con premios en metálico. Premios en metálico para el imbécil que cague la mayor cagada. Premios en metálico por lo que sea, sólo para que estéis ocupados.

Marshack se sentó en el borde de la mesa. ¿Por qué se afeitaba el cráneo?, se preguntó Farragut. ¿Piojos? En la mente de Farragut, un cráneo afeitado iba asociado a los prusianos, la crueldad y los verdugos. ¿Por qué un carcelero quería dar ese aspecto? A la vista del cráneo afeitado, Farragut adivinó que si Marshack estuviese ahora mismo en las barricadas de El Muro, fusilaría a cien hombres sin la menor vacilación ni remordimiento. Los cráneos afeitados, pensó Farragut, siempre estarían entre nosotros. Eran fácilmente reconocibles pero imposibles de modificar o curar. Farragut pensó fugazmente en la estructura de clases y las jerarquías ocultas. Ellos sabían aprovecharse de los cráneos afeitados. Marshack era estúpido. La estupidez era su mayor utilidad; su vocación. Era muy útil. Era indispensable a la hora de engrasar las máquinas y empalmar cables, y sería un valiente y feroz mercenario en cualquier escaramuza fronteriza si alguien más inteligente daba la orden de atacar. Había cierta bondad universal en el hombre —te daría una cerilla para tu cigarrillo y te guardaría un asiento en el cine—, pero no había universalidad en su falta de seso. Marshack podía responder al poder del amor, pero era incapaz de dominar la geometría social y no había que pedírselo. Para Farragut era un asesino.

—Saldré de aquí a las cuatro —dijo Marshack—. Nunca me he sentido más ansioso por salir de cualquier lugar en toda mi vida. Saldré de aquí a las cuatro, me iré a mi casa y me beberé toda una botella de Southern Comfort, y si me apetece, me tomaré otra botella, y si no puedo olvidar todo lo que he visto y sentido por aquí en el último par de horas, me beberé otra. No tengo que volver aquí hasta las cuatro del lunes y pienso estar borracho todo el tiempo. Hace mucho, cuando inventaron la bomba atómica, a la gente le preocupaba que pudiese estallar y matarlos a todos, pero no sabían que la humanidad tiene en sus tripas toda la dinamita, y más, para reducir a cachos este puto planeta. Yo sí lo sé.

—¿Por qué aceptó este empleo?

—No sé por qué acepté este empleo. Fue mi tío quien me lo dijo. Era el hermano mayor de mi padre. Mi padre creía en todo lo que le decía. Así que él dijo que debía buscarme un trabajo tranquilo en la cárcel, retirarme a los veinte años con media paga y comenzar una nueva vida a los cuarenta con unos ingresos garantizados. Haz lo que quieras. Abre un aparcamiento. Cultiva naranjas. Dirige un motel. Lo que él no sabía es que en un lugar como éste te pones tan tenso que eres incapaz de digerir ni una papilla. Y vomité la comida. Por una vez nos dieron bien de comer (guisantes y alas de pollo) y lo vomité todo, ahí mismo, en el suelo. No puedo retener nada en el estómago. Dentro de veinte minutos saldré de aquí, caminaré hasta mi coche y conduciré mi coche hasta mi casa, en el 327 de Hudson Street, y sacaré mi botella de Southern Comfort del último estante del armario y mi vaso de la cocina, y me olvidaré de todo. Cuando termines de picarlos déjalos en mi despacho. Es el que tiene las plantas. La puerta está abierta. Toledo los recogerá.

Cerró la puerta de cristal. La radio estaba muerta. Farragut escribió: Louisa Pierce Spingarn, en memoria de su amado hijo Peter, ha dispuesto para todos los internos que lo deseen que se los fotografíe a todo color junto a un árbol de Navidad decorado y que se envíen dichas fotografías sin coste a los seres queridos de los internos. La sesión fotográfica comenzará a las 900/27/8 según el orden de las solicitudes recibidas. Se permiten las camisas blancas. No traer nada excepto un pañuelo.

Farragut apagó la luz, cerró la puerta y caminó por el túnel hasta la puerta abierta del despacho de Marshack. La habitación tenía tres ventanas y era, como había dicho Marshack, la que tenía las plantas. Las ventanas tenían barrotes verticales por el exterior, pero Marshack había colocado unas varillas horizontales por dentro y tenía muchas plantas colgadas. Había veinte o treinta plantas colgantes. Las plantas colgantes, pensó Farragut, eran las preferidas de los verdaderamente solitarios; hombres y mujeres que, atormentados por la lujuria, la ambición y la nostalgia, regaban sus plantas colgantes. Las cultivaban y adivinó que hablaban con ellas, dado que hablaban con todo lo demás: las puertas, las mesas y el viento que sonaba en la chimenea. Reconoció muy pocas plantas. Conocía los helechos; los helechos y los geranios. Cogió una hoja de geranio, la partió entre los dedos y la olió. Olía como un geranio: el sofocante y complejo perfume de un lugar habitado y mal ventilado. Había muchas otras variedades con hojas de todos los tamaños, algunas de ellas del color de la col roja y otras de un color ocre o amarillo apagado; no era el suave espectro otoñal, sino el mismo espectro de la muerte, fijado en la naturaleza de la planta. Se sintió a un tiempo complacido y sorprendido al ver que ese asesino, estrechamente confinado por su estupidez, había intentado cambiar la lobreguez de la habitación donde trabajaba con plantas que vivían, crecían y morían, que dependían de su atención y bondad, que tenían al menos la fragancia de la tierra mojada y que en su verdor y su vida representaban los valles, los prados de leche y miel. Todas las plantas colgaban de alambres de cobre. Farragut había fabricado radios en la infancia.

Recordaba que treinta metros de alambre de cobre eran lo básico para hacer una radio.

Farragut descolgó una planta de la barra de cortina y fue a por el alambre. Marshack había pasado el alambre por los agujeros de los tiestos, pero había utilizado el alambre con tanta generosidad que Farragut tardaría una hora o más en conseguir el alambre que necesitaba. Entonces oyó pasos. Permaneció de pie, delante de la planta, en el suelo, pero sólo era Toledo. Farragut le pasó las matrices y lo observó con una pronunciada expresión interrogativa.

—Sí, sí —dijo Toledo. No habló en susurros sino con una voz átona—. Tienen veintiocho rehenes. Ésos son al menos mil novecientos sesenta kilos de carne, y pueden hacer que cante hasta el último gramo. —Toledo se marchó.

Farragut volvió a su despacho, rompió la tecla menos usada de la máquina de escribir y la afiló en el viejo granito de la pared al tiempo que pensaba en la era glacial y su contribución a la dureza de la piedra. Cuando tuvo la tecla afilada como una navaja, regresó al despacho de Marshack y cortó el alambre de dieciocho plantas. Se guardó el alambre en los calzoncillos, apagó las luces y recorrió de nuevo el túnel. Caminaba con torpeza con el alambre en el pantalón, y si alguien le hubiese preguntado por la cojera, le hubiese respondido que aquella mierda de humedad hacía que le molestara el reúma.

—Se presenta el 734-508-32 —le dijo a Pequeñín.

—¿Cuál es la noticia?

—A partir de mañana a las nueve, cualquier caraculo que quiera que lo fotografíen a todo color junto a un árbol de Navidad verá cumplido su deseo.

—No me jodas —dijo Pequeñín.

—No te jodo —replicó Farragut—. Recibirás el anuncio por la mañana.

Farragut, con el alambre de cobre, se sentó en el camastro. Lo escondería debajo del colchón en cuanto Pequeñín le diera la espalda. Desenrolló el papel higiénico, cortó el papel en cuadrados y los guardó en su ejemplar de Descartes. Cuando había fabricado radios en la infancia, había enrollado el alambre en una caja de copos de cereales. Estaba seguro de que el cilindro de cartón del papel higiénico cumpliría la misma función sin problemas. Los muelles de la cama harían de antena y el radiador sería la toma de tierra. El diamante de Bumpo sería el diodo de cristal y el Tapia tenía los auriculares. Cuando lo tuviese todo montado estaría en condiciones de recibir una información ininterrumpida de lo que pasaba en El Muro. Farragut estaba muy nervioso y muy controlado al mismo tiempo. El sistema de megafonía lo hizo saltar. BRAZO CORTO PARA LA GALERÍA F EN DIEZ MINUTOS. BRAZO CORTO PARA LA GALERÍA F EN DIEZ MINUTOS.

«Brazo corto» significaba, para los fanáticos del calendario, el primer jueves del mes. Para el resto de ellos era cualquier cosa que anunciaran. Farragut se dijo que el brazo corto, junto con el árbol de Navidad, era una maniobra para disipar su excitación. Serían humillados, obligados a desnudarse y el poder de la desnudez obligatoria era inestimable. El brazo corto significaba que algún médico canalla y un enfermero de la enfermería les examinarían los genitales para ver si tenían supuraciones venéreas. Después del anuncio se oyeron algunos silbidos y gritos, pero no muchos. Farragut, de espaldas a Pequeñín, se quitó el pantalón y lo puso con mucho cuidado debajo del colchón para que no se arrugara. También escondió el alambre.

El médico, cuando lo dejaron entrar, vestía traje y chaleco, y un sombrero de fieltro. Parecía agotado y asustado. El enfermero era un hombre muy feo llamado Veronica. Sin duda había sido guapo hacía años, porque a media luz tenía el aire y la gracia de un joven, pero a plena luz parecía un sapo. El ardor que había arrugado su rostro y lo había hecho repulsivo aún parecía arder. Los dos se sentaron a la mesa de Pequeñín y éste les dio los expedientes y abrió las celdas. Desnudo, Farragut se olía a sí mismo y también olía a Tenis, Bumpo y el Cornudo. No se habían duchado desde el domingo y el olor era fuerte y parecido a los recortes podridos de un carnicero. Bumpo pasó primero.

—Apriétala —dijo el médico. La voz del médico era tensa y rabiosa—. Echa atrás el prepucio y apriétala. Te digo que la aprietes.

El médico vestía un traje vulgar y manchado, como también lo estaban el chaleco y la corbata. Tenía sucias incluso las gafas. Llevaba el sombrero de fieltro para resaltar la diferencia vestimentaria. Él, el juez civil, estaba coronado con un sombrero mientras que los penitentes estaban desnudos, y con sus pecados, sus genitales, sus alardes y sus recuerdos expuestos parecían avergonzados.

—Ábrete las nalgas —dijo el médico—. Más. Más. El siguiente, 73482.

—Es 73483 —le advirtió Pequeñín.

—No entiendo su letra —replicó el médico—. 73483.

El 73483 era Tenis. Tenis era aficionado a tomar el sol y tenía el culo blanco. Para ser un atleta, sus brazos y piernas eran muy delgados. Tenía gonorrea. Todo estaba muy tranquilo. Para esa ceremonia, el sentido del humor que había sobrevivido incluso a la oscuridad del Valle se había extinguido. También se había extinguido la convulsiva hilaridad que Farragut había visto en el comedor.

—¿Dónde la has pillado? —preguntó el médico—. Quiero su nombre y número. —Con un caso en mano, el doctor parecía razonable y tranquilo. Se acomodó las gafas elegantemente con un dedo y luego se pasó los dedos abiertos por la frente.

—No lo sé —dijo Tenis—. No lo recuerdo.

—¿Dónde la has pillado? —repitió el médico—. Más vale que me lo digas.

—Podría haber sido durante el partido —respondió Tenis—. Supongo que fue durante el partido. Alguien me la chupó mientras presenciaba el partido. No sé quién era. Quiero decir que de haber sabido quién era lo hubiese matado, pero estaba tan interesado en el partido que no me fijé. Me encanta el béisbol.

—¿No se la has metido a nadie en el culo en la ducha? —preguntó el médico.

—Si lo hice, fue por accidente —explicó Tenis—. Puro accidente. Sólo nos duchamos una vez a la semana y para un hombre, un campeón de tenis, que se ducha tres o cuatro veces al día, cuando sólo te puedes duchar una vez a la semana todo es muy confuso. Te aturdes. No sabes lo que pasa. Si lo supiera, señor, se lo diría. Si hubiese sabido lo que estaba pasando, lo hubiese golpeado, lo hubiese matado. Así soy yo. Soy muy nervioso.

—Me ha robado mi Biblia —chilló el Pollo—, me ha robado mi Sagrada Biblia encuadernada en cuero. Miren, miren, el muy hijo de puta me ha robado mi Sagrada Biblia.

El Pollo señalaba al Cornudo. El Cornudo estaba con las rodillas juntas en una ridícula parodia de timidez femenina.

—No sé de qué habla —afirmó—. Yo no le he robado nada suyo. —Hizo un ampuloso gesto con las manos para demostrar que las tenía vacías. El Pollo le dio un empujón. La Biblia cayó de entre sus piernas y golpeó el suelo. El Pollo cogió el libro.

—Mi Biblia, mi Sagrada Biblia, me la mandó mi primo Henry, el único miembro de mi familia del que he tenido noticias en tres años. Tú me has robado mi Sagrada Biblia. Eres tan asqueroso que ni siquiera puedo escupirte. —Luego escupió al Cornudo—. Nunca he conocido, no podía imaginar a nadie que pudiera llegar tan bajo como para robarle a un hombre encarcelado la Sagrada Biblia que le envió su afectuoso primo.

—No quería tu maldita Biblia y tú lo sabes —gritó el Cornudo. Tenía mucho más volumen de voz que el Pollo y la usó en un registro bajo—. Nunca lees tu Biblia. Tenía como un dedo de polvo encima. Durante años te he oído decir que la cosa que menos falta te hacía en el mundo era una Biblia. Durante años te he oído maldecir a tu primo Henry por haberte enviado una Biblia. Todo el mundo en la galería está harto de oírte hablar de Henry y la Biblia. Lo único que quería era el cuero para hacer correas de reloj. No iba a dañar la Biblia. Iba a devolverte la Biblia sin el cuero, nada más. Si querías leer la Biblia, en lugar de quejarte de que no fuera un bote de sopa, la habrías podido leer igual de bien cuando te la hubiera devuelto.

—Apesta —masculló el Pollo. Sostenía la Biblia junto a la nariz y la olía con muchos aspavientos—. Se ha metido la Biblia entre las pelotas. Ahora apesta. Las Sagradas Escrituras apretadas entre sus pelotas. El Génesis, el Éxodo, el Levítico, el Deuteronomio apestan.

—Cállate, cállate —dijo Pequeñín—. La próxima vez que alguno de vosotros abra la boca se le castigará con un día de confinamiento.

—Pero… —exclamó el Pollo.

—Uno —contó Pequeñín.

—Hipócrita meapilas —dijo el Cornudo.

—Dos —dijo Pequeñín, cansado.

El Pollo se apretó la Biblia contra el corazón como hacen algunos hombres con sus sombreros cuando ven la bandera. Elevó el rostro para que lo iluminara la luz de última hora de la tarde de finales de agosto. Tenis lloraba.

—Sinceramente no lo recuerdo. Si lo recordara, se lo diría. Si supiese quién era, lo mataría.

Pasó mucho tiempo antes de que el médico renunciara a interrogar a Tenis y le escribiera una receta. Luego, uno a uno, los demás se la apretaron y fueron tachados de la lista. Farragut tenía hambre, y al consultar su reloj, vio que se había hecho muy tarde. Hacía una hora que habían servido la cena. Pequeñín y el médico discutían algo de la lista. Pequeñín había cerrado las celdas después de que el Cornudo robara la Biblia y permanecían desnudos, a la espera de entrar de nuevo en las celdas y vestirse.

La luz en la cárcel, a aquella hora tan tardía, le recordó a Farragut un bosque donde había esquiado una tarde de invierno. La diagonal perfecta de la luz estaba cortada por los barrotes como los árboles cortarían la luz en un bosque, y la vastedad y el misterio del lugar eran como la vastedad de algún bosque —un tapiz de caballeros y unicornios— donde se prometía un mensaje pero donde nada estaba expresado, excepto la vastedad. La luz sesgada y rota, donde flotaba el polvo, era también la dolorosa luz de las iglesias donde una mujer desconsolada con el rostro oculto rezaba transida de dolor. Pero en su querido bosque nevado habría una novedad permanente en el aire, y aquí no había nada sino el bestial olor a cabra del viejo Farragut y la exasperación de haber sido engañados. Se habían engañado a ellos mismos. La noticia de El Muro —y la conocían la mayoría de ellos— les había insuflado el empuje, la fuerza del cambio, y eso había sido debilitado por las peleas sobre la gonorrea, los libros de oraciones y las correas de reloj.

Farragut se sentía impotente. Ninguna chica, ningún culo, ninguna boca podía hacer que se le empinara, pero no sentía ninguna gratitud por esa desaparición de la lujuria. La última luz de aquel día plomizo era blanquecina, el blanco resplandor que ves en las ventanas de los cuadros de la Toscana, una luz terminal pero que parece llevar al nervio óptico a los poderes del discernimiento, al clímax. Desnudo, carente de toda belleza, maloliente y humillado por un payaso con un traje sucio y un sombrero sucio, todos le parecieron a Farragut, en ese clímax de la luz, unos criminales. Ninguna de las crueldades de sus vidas pasadas —el hambre, la sed y las palizas— podía justificar su brutalidad, sus autodestructivos robos y sus consumidoras y perversas adicciones. Eran almas que no podían ser redimidas, y si bien la penitencia era una respuesta torpe y cruel, era una cierta medida del misterio de su caída. Bajo aquella luz blanca, a Farragut le parecieron hombres degradados.

Se vistieron. Estaba oscuro. El Pollo comenzó a gritar:

—Comida. Comida. Comida.

La mayoría de los demás se sumaron al canto.

—No hay comida —dijo Pequeñín—. La cocina está cerrada por reparaciones.

—Tres comidas al día es nuestro derecho constitucional —chilló el Pollo—. Redactaremos una petición de habeas corpus. Redactaremos veinte peticiones.

Entonces comenzó a gritar:

—La tele. La tele. La tele.

Casi todos se unieron a esto.

—La tele está estropeada —dijo Pequeñín.

Esa mentira aumentó la intensidad de los cantos y Farragut, cansado por el hambre y todo lo demás, se descubrió hundiéndose, sin la más mínima resistencia, en un torpor que era el peor de sus refugios. Le pareció que se hundía, con los hombros caídos y la cabeza gacha, en una lasciva y putrefacta nada. Respiraba, pero eso era lo único que parecía hacer. El estrépito de los gritos sólo hizo más deseable su torpor. Los ruidos tuvieron el mismo efecto que la bendición de alguna droga destructiva, y vio sus células cerebrales como las celdas de un panal que es destruido por un disolvente extraño. Entonces el Pollo le prendió fuego a su colchón y comenzó a soplar las pequeñas llamas y a pedir a los demás que le pasaran papel para mantener el fuego. Farragut apenas lo oyó. Le pasaron papel higiénico, hojas de anuncios y cartas de casa. El Pollo sopló las llamas con tanta fuerza que se le salieron los dientes: los de arriba y los de abajo. Cuando se los colocó de nuevo comenzó a gritar. Farragut apenas lo oyó.

—Incendiad los colchones, quememos todo este puto sitio, veamos saltar las llamas. Veamos cómo se mueren ahogados, veamos cómo las llamas atraviesan el techo, veamos cómo arden, veamos cómo se queman y lloran.

Farragut oyó esto remotamente, pero sí que oyó con claridad a Pequeñín coger el teléfono y decir:

—Alerta roja. —Luego gritó—: ¿Por qué coño me dices que tienes una alerta roja cuando no tienes ninguna alerta roja? Vale, de acuerdo, los tengo a todos gritando y tirando cosas y pegando fuego a los colchones. ¿Por qué mi galería no es tan peligrosa como la C y la B? Sólo porque no tenga aquí a los millonarios y gobernadores no significa que mi galería no sea tan peligrosa como cualquier otra galería, tengo aquí a todas las locas y es como un cartucho de dinamita. Te digo que están quemando los colchones. Venga, no me digas que tienes una alerta roja cuando lo que hacéis es tomar whisky en la sala de guardia. Sí, vale, de acuerdo, estás asustado. Yo también. Soy humano. Me vendría bien un trago. Vale, de acuerdo, pero venid.

La galería F está en alerta roja. La galería F está en alerta roja. Eso fue al cabo de diez minutos. Después se abrió la puerta y entraron, dieciocho de ellos con máscaras e impermeables amarillos, armados con porras y botes de gas. Dos hombres cogieron la manguera y la apuntaron hacia la galería. Se movían torpemente. Podía ser por los impermeables o quizá estaban borrachos. Chisholm se quitó la máscara y cogió el altavoz. Chisholm estaba borracho y asustado. Sus facciones estaban distorsionadas, como un rostro que se refleja en una corriente. Tenía las cejas de un hombre, la boca de otro y la voz aguda y amargada de un tercero.

—Poneos en posición de firmes junto a las puertas o recibiréis un manguerazo y será como si os cayeran encima porras con clavos, será como una granizada, será como una barra de hierro. Apaga el fuego, Pollo, y meteos en la cabeza que no podéis hacer nada. El lugar está rodeado por tropas de todo el Estado. Podemos apagar vuestros fuegos cada vez que los encendáis. No podéis hacer nada. Ahora apaga tu colchón, Pollo, y duerme en tu propia basura. Apágales las luces, Pequeñín. Que durmáis bien.

Se marcharon, se cerró la puerta y se quedaron a oscuras. El Pollo gimoteaba:

—Que nadie se duerma, que a nadie se le ocurra cerrar los ojos. Si cerráis los ojos, os matarán. Os matarán mientras estéis dormidos. Que nadie se duerma.

En la bendita oscuridad, Farragut sacó el alambre de cobre y el cilindro de cartón del papel higiénico y comenzó a fabricar su radio. Qué hermoso le parecía el alambre: un delgado y limpio vínculo dorado con el mundo de los vivos, del cual él parecía oír, de vez en cuando, el choque de los hombres, el rugido de los hombres que se arrancaban las cabezas los unos a los otros. Iba y venía, y él lo descartó como una ilusión, comparada al menos con el esplendor de construir, con papel y alambre, un gancho o un eslabón resplandeciente que podía unir dos mundos. Cuando la tuvo hecha exhaló un suspiro como un amante satisfecho y murmuró:

—Alabado seas, Señor.

El Pollo continuaba gimoteando:

—Que nadie se duerma. Que nadie se duerma.

Farragut durmió profundamente.

Cuando Farragut despertó, vio a través de la poca luz y el cielo oscuro que el tiempo no había cambiado. Una tormenta o un viento fuerte del noroeste podría despejarlo o quizá convertirlo en una lluvia de diez horas y un despejar lento. Vio, a través de la ventana, que Chisholm había mentido. No había tropas alrededor de los muros. De haber habido tropas allí, él hubiese oído el ruido, él hubiese notado el movimiento. No había nada y se sintió decepcionado. Quizá no había tropas disponibles. La pesadez del aire era deprimente y él olía peor. También Bumpo y Tenis. Una copia de la hoja que había picado estaba metida entre los barrotes: Louisa Pierce Spingarn, en memoria de su amado hijo Peter... El timbre del comedor sonó a las siete. Goldfarb estaba de servicio.

—En fila de uno —gritó—, en fila de uno y separados diez pasos entre cada hombre. En fila de uno.

Se pusieron en fila ante la puerta y, cuando se abrió, Goldfarb los fue espaciando cada diez pasos, a todos excepto al Tapia, que se había dejado su oreja de cristal en la celda y no había manera de hacérselo entender. Goldfarb le gritó, le rugió y levantó los diez dedos en el aire, pero el Tapia se limitó a sonreír y corrió en pos del culo del Mudo, que iba delante. No iba a quedarse solo, ni por un instante. Goldfarb lo dejó ir. En el túnel, camino del comedor, Farragut vio los avisos que había picado. Todo el personal mostrará la máxima fuerza en todas las reuniones. A todo lo largo del túnel a intervalos regulares había guardias con impermeables, con porras y botes de gas. Las pocas caras que vio Farragut parecían más macilentas que las de los presos. En el comedor sonaba un anuncio grabado: «Comed de pie en vuestro lugar en la fila. Comed de pie en vuestro lugar en la fila. Prohibido hablar…» El desayuno consistió en té, las sobras de carne de la noche anterior y un huevo duro.

—No hay café —dijo el preso que se lo sirvió—. No tienen nada. El repartidor de anoche trajo la noticia. Todavía tienen a los veintiocho rehenes cogidos por las pelotas. Piden una amnistía. Pásalo. Llevo sirviendo esta mierda desde hace doce horas. Mis pies están vivos pero el resto está muerto.

Farragut se comió la carne y el huevo, echó la bandeja y la cuchara en el agua sucia y regresó a la galería con sus vecinos. Clang.

—¿Qué le dijo el cajero a la caja registradora? —preguntó Bumpo.

—No lo sé.

—El cajero le dijo a la caja registradora: «Cuento contigo.»

Farragut se arrojó al camastro y comenzó a interpretar a un hombre atormentado por el confinamiento, torturado por los calambres de estómago y acosado por los fracasos sexuales. Se rasgó el cuero cabelludo con las uñas, se rascó las ingles y el pecho y le murmuró a Bumpo entre gemidos:

—Motín en El Muro. Veintiocho rehenes por las pelotas. Sus pelotas equivalen a libertad y amnistía.

Aulló, arqueó la pelvis y luego hundió el rostro en la almohada, debajo de la cual notó los principios de su radio. A salvo, adivinó, porque con el personal medio muerto, asustado y reducido, estaba seguro de que a la hora de pasar lista no habría ningún registro.

—Eres una gran caja registradora —dijo Bumpo con toda claridad—. ¿Por qué la pasa está triste?

—¿Porque es una ciruela seca? —replicó Farragut.

—No. Porque es una uva consumida —contestó Bumpo.

—No hablen —dijo Goldfarb.

Entonces Farragut no pudo recordar qué había hecho con la tecla de la máquina de escribir que había afilado y utilizado para cortar el alambre. Si la encontraban, la clasificaban como una navaja y la rastreaban hasta él por las huellas dactilares, le caerían otros tres años. Intentó reconstruir todos sus movimientos en el despacho de Marshack: contó las plantas, oyó a Toledo hablar de los kilos de carne, fue a su despacho y afiló la tecla. Había cortado el alambre, lo había escondido en el pantalón, pero la prisa y la ansiedad oscurecían lo que había hecho con la tecla. Había apagado las luces, cojeado a lo largo del túnel y explicado a alguien inexistente que la humedad era la culpable de su reumatismo. No le preocupaban las plantas y el alambre; era la tecla lo que podía incriminarlo. Pero ¿dónde estaba la tecla? ¿En el suelo, junto a una planta, hundida en la tierra o en la mesa de Marshack? ¡La tecla, la tecla! No conseguía recordarlo. Recordaba que Marshack le había dicho que no volvería hasta el lunes a las cuatro, pero no recordaba qué día era hoy. Ayer había sido brazo corto o ¿había sido anteayer cuando el Cornudo le había robado la Biblia al Pollo? No lo sabía. Entonces Pequeñín relevó a Goldfarb y leyó un anuncio que comenzaba con una fecha y Farragut recibió la noticia de que era sábado. Ya se preocuparía más tarde por la tecla.

Pequeñín anunció que todos los internos que quisieran ser fotografiados debían afeitarse, vestirse y estar preparados para cuando llegara su turno. Todos los de la galería se habían apuntado, incluso el Tapia. Farragut observó el éxito de la maniobra. Había desmontado su explosiva inquietud. Supuso que un hombre que caminaba hacia la silla eléctrica se sentiría feliz de hurgarse la nariz. Tranquilos e incluso felices se afeitaron, se lavaron las axilas, se vistieron y esperaron.

—Quiero jugar a las cartas con el Tapia —dijo el Mudo—. Quiero jugar a las cartas con el Tapia.

—No sabe jugar a las cartas —afirmó Pequeñín.

—Quiere jugar a las cartas —insistió el Mudo—. Míralo.

El Tapia sonreía y asentía, como hacía con todo. Pequeñín abrió la puerta de la celda del Mudo, que sacó la silla al pasillo y se sentó delante del Tapia con una baraja.

—Una para ti y otra para mí —dijo.

Entonces el Pollo comenzó a tocar la guitarra y a cantar:

> *Un elefante se balanceaba*
> *sobre la tela de una araña.*
> *Como veía que no se caía*
> *fue a buscar otro elefante.*
> *Dos elefantes se balanceaban*
> *sobre la tela de una araña.*
> *Como veían que no se caían…*

—¿Quieres que venga Chisholm con su manguera rompehuesos? —estalló Pequeñín.

—No, no, no —dijo el Pollo—. No quiero. No es eso lo que quiero. Si estuviese en el comité de agravios, sea lo que sea eso, una de las primeras cosas que sacaría a relucir es la sala de visitas. Me dicen que es mucho mejor que la sala de visitas de El Muro, pero incluso así, si viniese a visitarme alguna chica, no querría encontrarme con ella en un mostrador como si estuviese intentando venderle algo. Si alguna chica viniese a visitarme…

—Llevas aquí doce años —gritó Pequeñín—, y nunca has tenido una visita. Ni una sola vez, nunca, en doce años.

—Quizá tuve una visita cuando tú estabas de vacaciones —dijo el Pollo—. Quizá tuve una visita cuando te operaron de la hernia. Estuviste de baja seis semanas.

—Eso fue hace diez años.

—Bueno, como iba diciendo, si alguna chica viniese a visitarme, no querría que me hablara dulcemente desde el otro lado de un mostrador. Me gustaría sentarme con ella a una mesa, con un cenicero para las colillas, y quizá invitarla a una gaseosa.

—Tienen máquinas de gaseosas.

—Pero en una mesa, Pequeñín, en una mesa. No puedes tener ninguna intimidad a través de un mostrador. Si pudiese hablar con mi chica en esa mesa, bueno, entonces me sentiría contento y no querría hacer daño a nadie ni buscarme problemas.

—En doce años, nadie ha venido a verte. Eso prueba que no hay nadie en la calle que conozca tu nombre. Ni siquiera tu propia madre sabe quién eres. Hermanas, hermanos, tías, tíos, amigos, chicas… No tienes a nadie con quien sentarte a una mesa. Estás peor que muerto. Tú cagas. Los muertos no cagan.

El Pollo se echó a llorar o pareció llorar, a gemir o pareció gemir, hasta que oyeron el sonido de un hombre mayor que lloraba, un viejo que dormía en un colchón quemado, cuyos ahorros invertidos en tatuajes se habían convertido en un rastro ceniciento, con el vello en las ingles gris y ralo, cuya carne colgaba floja de los huesos, cuya única transgresión a la vida era una guitarra y un recordado y penoso aire de «No sé dónde está, señor, pero lo encontraré, señor», y cuyo nombre no era conocido en ninguna parte, en ninguna parte de los confines más remotos de la tierra o en los confines más remotos de su memoria, donde, cuando hablaba consigo mismo, se hablaba a sí mismo con el Pollo Dos.

El timbre de la comida sonó pasada la una y recibieron la orden de formar en fila de uno, a diez pasos entre cada hombre, y caminaron por el túnel donde estaban los guardias, que parecían todavía más macilentos. La comida consistió en dos bocadillos, uno de queso y el otro con nada excepto margarina. El tipo que servía era un desconocido y no quería hablar. Poco después de las tres, cuando estaban de nuevo en las celdas, les ordenaron que fueran al edificio de la escuela, y allá fueron, en fila de uno, a una distancia de diez pasos.

El edificio de la escuela ya no se usaba mucho. Los recortes presupuestarios y los sospechosos efectos de la educación en las mentes criminales habían apagado la mayoría de sus luces y lo habían convertido en un lugar fantasmal. A la izquierda, a oscuras, estaba la fantasmal aula de mecanografía, donde ocho máquinas enormes, antiguas y en desuso acumulaban polvo. No había instrumentos en el aula de música, pero había una clave, un pentagrama y algunas notas escritas en la pizarra. En el aula de historia, alumbrada sólo por la luz que llegaba del pasillo, Farragut leyó en la pizarra: «El nuevo imperialismo acabó en 1905 y fue seguido por...» Aquello podrían haberlo escrito hacía diez o veinte años. El aula del fondo a la izquierda estaba iluminada y había cierta conmoción, y por encima de los hombros del Mudo y Bumpo, Farragut vio dos luces brillantes que iluminaban un abeto de plástico, resplandeciente con los adornos. Debajo del árbol había cajas cuadradas y rectangulares, envueltas profesionalmente con papel de colores y cintas brillantes. La inteligencia o la habilidad de la mano que había montado esa escena hizo que Farragut sintiera la más profunda admiración. Estuvo atento al choque de los hombres, el rugido de los hombres que se arrancaban las cabezas los unos a los otros, pero había desaparecido, conquistado por el bálsamo del árbol de plástico, resplandeciente con las joyas de la corona y rodeado de tesoros. Se imaginó la figura que tendría, de pie junto a las cajas llenas de suéters de cachemir, camisas de seda, sombreros de armiño, babuchas con punteras de aguja y grandes joyas adecuadas para un hombre. Se vio a sí mismo en el curioso espectro de la fotografía en color sacada de un sobre por su esposa y su hijo en el pasillo de Indian Hill. Vio la alfombra, el jarrón de rosas reflejado en el espejo, mientras contemplaban su vergüenza, su moneda falsa, su escudo manchado, su Némesis fotografiado a todo color junto a un árbol verdaderamente hermoso.

Había una larga mesa desvencijada en el pasillo, con formularios que seguramente habían sido impresos en la calle por algún agente con sesera. El formulario explicaba que una foto sería enviada sin cargo al destinatario designado por el interno. El destinatario debía ser un miembro de la familia, pero también se aceptaban parejas de hecho y uniones homosexuales. Una segunda copia y el negativo serían enviados a Falconer, pero si se deseaban más copias, eran con cargo al interno. Farragut escribió con letras de imprenta: «Sra. de Ezekiel Farragut. Indian Hill. Southwick, Connecticut. 06998.» Rellenó un formulario para el Tapia, cuyo nombre era Serafino DeMarco y cuya dirección estaba en Brooklyn. Luego entró en la habitación brillantemente iluminada, con los regalos y el árbol.

La ironía de la Navidad siempre es a costa de los pobres de corazón; el misterio del solsticio siempre es a costa del resto de nosotros. La inspirada metáfora del Príncipe de la Paz y sus innumerables luces, que se imponía a los enloquecedores y manidos villancicos, estaba en algún lugar de la habitación; allí, en esa asquerosa tarde de agosto, la leyenda continuaba teniendo su fuerza. Sus motivos eran puros. La señora Spingarn amaba de verdad a su hijo y lloraba su cruel y antinatural final. Los guardias temían el desorden y la muerte. Los internos sentirían fugazmente que tenían un pie en la lejana calle. Farragut miró por encima de ese espectáculo el resto del aula. Había una pizarra en blanco y encima un alfabeto escrito con buena caligrafía mucho, mucho tiempo atrás. La caligrafía era muy elegante, con vueltas, arcos, colas, engarces y el palo de la «t» como la reverencia de un acróbata. Encima de esto había una bandera norteamericana con cuarenta y dos estrellas, las rayas blancas teñidas por el tiempo con el amarillo de la orina caliente. A uno le hubiese gustado algo mejor, pero ése era el color de la bandera bajo la cual Farragut había marchado a la batalla. Después estaba el fotógrafo.

Era un hombre delgado con la cabeza pequeña; un dandi, pensó Farragut. Su cámara, en un trípode, no era más grande que el estuche de un reloj de pulsera, pero parecía tener cierta relación con el objetivo o una notable dependencia de él. Parecía apartar de ella su ojo bizco a regañadientes. Su voz era como acatarrada, pero elegante. Hacía dos fotos. La primera era una foto del formulario con el número del preso y la dirección indicada. La segunda era del preso, hecha con algunas amables indicaciones.

—Sonría. Levante un poco la cabeza. Acerque un poco el pie derecho al izquierdo. ¡Ya está!

Cuando el Pollo ocupó su lugar y levantó el formulario, todos leyeron: «Sr. y Sra. Santa Claus. Calle del Carámbano. El Polo Norte.» En el rostro del fotógrafo apareció una amplia sonrisa y miraba alrededor de la habitación para compartir el chiste con todos los demás cuando de pronto comprendió la solemnidad de la soledad del Pollo. Nadie se rió de ese jeroglífico del dolor, y el Pollo, al percibir aquella calma ante esa prueba de su muerte en vida, volvió la cabeza, levantó la afilada barbilla y dijo alegremente:

—El izquierdo es mi mejor perfil.

—Ya está —dijo el fotógrafo.

Cuando le llegó su turno, Farragut se preguntó qué personaje debía buscar, e intentó parecer y sentirse como un marido fiel, un padre comprensivo y un ciudadano próspero, puso su mejor sonrisa, y se situó delante de la fuerte brillantez y el calor de la luz.

—Ah, Indian Hill —dijo el fotógrafo—. Conozco el lugar. Quiero decir que he visto el cartel. ¿Trabaja allí?

—Sí —respondió Farragut.

—Tengo amigos en Southwick —añadió el fotógrafo—. Ya está.

Farragut se acercó a la ventana, donde tenía una amplia vista de las galerías B y C. Parecían, con sus hileras de ventanas, una obsoleta algodonería del norte. Miró las ventanas en busca de llamas y un montón de sombras, pero todo lo que vio fue a un hombre que tendía la colada. La pasividad de todos lo pasmaba. No podía ser que todos se hubieran sentido humillados y embaucados por aquella desnudez y el árbol resplandeciente, pero ése parecía ser el caso. El lugar parecía somnoliento. ¿Se habían sumido todos en el torpor que él había escogido cuando el Pollo había pegado fuego a su colchón? Miró de nuevo al extraño que tendía la colada.

Farragut se unió a los que esperaban en el pasillo. En el exterior había comenzado a llover. El Mudo se movió entre ellos para recoger los formularios que habían sido fotografiados. Era inútil y Farragut observó al Mudo con interés, porque era un hombre tan reservado que seguir cualquiera de sus movimientos consecutivos prometía ser revelador. Lo que hizo, cuando había recogido una docena de formularios, fue subirse a una silla. El Mudo era un hombre grande, y la silla estaba desvencijada, así que sopesó si aguantaba su peso y era segura. Cuando se sintió seguro comenzó a cortar los formularios en trozos muy pequeños y a lanzarlos, como un sembrador, sobre las cabezas y los hombros de los otros. Su rostro resplandecía y cantó *Noche de paz*. El Cornudo lo siguió con una buena voz de bajo, y si se tenía en cuenta la distancia que habían recorrido desde que entonaban villancicos, formaban un pequeño y entusiasta coro que cantaba entusiastamente alabanzas a la Virgen. El viejo villancico y los trozos de papel que caían suavemente por el aire sobre sus cabezas y hombros no eran un amargo recuerdo en aquel sofocante día lluvioso, sino un festivo recuerdo de alguna tontería vinculada a una nevada.

Después formaron la fila y salieron. Otro grupo de internos hacía cola en el túnel, a la espera de su turno para ser fotografiados junto al árbol. Farragut los observó con el placer y la sorpresa con que uno mira a la multitud que espera para entrar en la próxima sesión de una película. Aquél fue el final de su alegría. En cuanto vieron los rostros de los guardias en el túnel comprendieron que su Navidad se había acabado.

Farragut se lavó cuidadosa y vigorosamente con agua fría

y después se olió a sí mismo como un perro, se olisqueó las axilas y las ingles, pero no pudo averiguar si era él o Bumpo quien olía. Walton estaba de guardia, ocupado con sus libros de texto. Asistía a un curso nocturno de ventas de coches. No podía prestar mucha atención a si hablaban o no. Cuando el Mudo le preguntó si podía jugar a las cartas con el Tapia, le gritó furioso:

—Estoy estudiando para un examen. Sé que ninguno de vosotros sabe qué es, pero si no apruebo este examen, tendré que repetir todo el año. Todo aquí se ha vuelto loco. No puedo estudiar en casa. El bebé está enfermo y no deja de llorar. Vine aquí temprano para estudiar en la sala de guardia, pero la sala de guardia es un manicomio. Ahora vengo aquí en busca de un poco de paz y silencio y es como la torre de Babel. Juega a las cartas pero cállate.

Farragut se aprovechó de esto y comenzó a gritar:

—¿Por qué coño no te lavas el pellejo? Yo me he lavado, me he lavado a fondo, pero no puedo disfrutar de mi olor a limpio porque tú hueles como un cubo de basura en un callejón detrás de una carnicería.

—¡Sí que huelo, sí que huelo! —chilló Bumpo—. Es así como se te pone tiesa, oliendo los cubos de basura del carnicero.

—Callaos, callaos, callaos —dijo Walton—. Tengo que estudiar para este examen. Tú ya sabes lo que es, Farragut. Si no apruebo este examen, tendré que pasar otro año, por lo menos otro semestre, sentado con el culo en una dura silla estudiando lo que sabía pero que olvidé. Mi profesora es una hijaputa. Hablad si queréis, pero hablad bajo.

—Oh, Bumpo, oh, Bumpo, querido Bumpo, amado Bumpo —dijo Farragut en voz baja—, ¿qué le dijo el cajero a la caja registradora?

—Soy una uva consumida —respondió Bumpo.

—Oh, querido Bumpo —continuó Farragut en voz baja—. Tengo que pedirte un gran favor. La historia de la civilización moderna depende de que tú llegues a una decisión inteligente. Te he oído hablar tanto de tu deseo de entregar tu diamante a alguna niña hambrienta o a un anciano solitario que el mundo cruel ha olvidado... Ahora una oportunidad mucho más grande está a punto de ser puesta en tus manos. Tengo los rudimentos de una radio: la antena, la toma de tierra y un sintonizador de alambre de cobre. Ahora todo lo que necesito es un auricular y un diodo de cristal. El Tapia tiene lo primero y tú tienes lo otro. Con tu diamante se puede cortar el nudo gordiano de las comunicaciones que ha forjado el Departamento Correccional y el propio gobierno. Tienen a veintiocho rehenes cogidos por las pelotas. Un solo error por parte de nuestros hermanos hará que nos maten por centenares. Un error crucial por parte del Departamento Correccional puede provocar motines en todas las cárceles de esta nación y quizá del mundo entero. Somos millones, Bumpo, somos millones, y si nuestros motines triunfan, podremos gobernar el mundo, aunque tú y yo, Bumpo, sabes que no tenemos los sesos para hacerlo. Así que, ante la carencia del poder cerebral, lo mejor que podemos esperar es que haya un trato, y todo depende de tu piedra.

—Métete la polla donde te quepa y vete a casa —contestó Bumpo en voz baja.

—Bumpo, Bumpo, mi querido Bumpo, Dios te dio tu diamante y Dios quiere que me lo des a mí. Es la piedra fundamental, Bumpo, de la que dependen las vidas de muchos millones. La radio fue inventada por Guglielmo Marconi en 1895. Fue el maravilloso descubrimiento de que las ondas electrificadas, contenedoras de sonido, pueden, a distancia, ser reconvertidas en sonidos inteligibles. Con la ayuda de tu diamante, Bumpo, podremos saber exactamente hasta dónde están retorciendo aquellas veintiocho pelotas en El Muro.

—Cincuenta y seis —dijo Bumpo.

—Gracias, Bumpo, mi querido Bumpo, pero si sabemos eso, sabremos utilizar nuestras propias estrategias para nuestro interés, quizá incluso comprar nuestra libertad. Con tu diamante puedo hacer una radio.

—Si eres un mago tan extraordinario, ¿cómo es que no puedes sacar tu culo de aquí dentro? —preguntó Bumpo.

—Estoy hablando de ondas aéreas, Bumpo, no de carne y sangre. Aire. Un aire muy dulce. Sólo aire. ¿Me escuchas? No sería capaz de hablar contigo en voz baja y con paciencia en este momento si no creyera que las matemáticas y la geometría son una falaz y errónea analogía de la disposición humana. Cuando uno encuentra en la naturaleza de los hombres, como hago yo en la tuya, una cierta convexidad, es un error esperar la concavidad correspondiente. No existe algo que sea un hombre isósceles. La única razón por la que continúo suplicándote, Bumpo, es mi creencia en la inestimable riqueza de la naturaleza humana. Quiero tu diamante para salvar al mundo.

Bumpo se rió. Su risa era sincera, juvenil, fuerte y sonora.

—Eres el primer tipo que me viene con esto. Es nuevo. Salvar a la humanidad. Lo único que había dicho era que iba a salvar a alguna niña o a algún viejo del hambre. No dije nada del mundo. Vale entre diecinueve y veintiséis de los grandes. El diamante es fetén pero no tiene mercado. Me hubiesen cortado el dedo hace años si la piedra no fuese tan grande que no se pueda llevar al perista. Es una piedra grande y segura. Nunca había tenido una oferta como la tuya. He recibido veintisiete ofertas, quizá más. Me han ofrecido todas las pollas de aquí, por supuesto, y todos los culos, pero no como pollas y no me gustan los culos. No me importa una buena paja pero ninguna paja vale veintiséis mil dólares. Hace años había un guardia, lo echaron hace tiempo, que me ofreció un cajón de whisky por semana. Toda clase de mierdas por el estilo. Comida del exterior por toneladas. También un suministro de cigarrillos para toda la vida. Abogados. Hacían cola para hablar conmigo. Me prometían nuevos juicios, perdones garantizados y amnistías.

Había un guardia que me ofreció facilitarme la fuga. Me sacaría en el chasis de un camión de reparto. Fue el único que se interesó de verdad. El camión venía los martes y los jueves, y él conocía al conductor, era su cuñado. Así que improvisó una especie de hamaca debajo del chasis, lo bastante grande para que yo cupiera. Me mostró el invento y hasta llegué a probar lo de la hamaca varias veces, pero quería la piedra antes de sacarme. Por supuesto no se la di y todo aquello se fue al garete. Pero nunca nadie me dijo que podría salvar el mundo. —Miró su diamante, lo hizo girar, y sonrió al ver el fuego interior—. No sabías que podías salvar el mundo, ¿verdad? —le preguntó al diamante.

—Oh, ¿por qué alguien querría salir de un sitio tan bonito como éste? —preguntó el Pollo. Tocó unos acordes en su guitarra y, mientras continuaba hablando con su voz sureña, su canción se quedó sin acompañamiento—. ¿Quién querría amotinarse para salir de un sitio tan bonito como éste? Lees en los periódicos que hay paro en todas partes. Por eso está aquí el vicegobernador. No encuentra un trabajo fuera. Incluso los famosos actores de cine que antaño tenían millones están en la cola con los cuellos de las chaquetas levantados a la espera de la caridad, a la espera de aquel cuenco de sopa de judías con aguachirle que no te quita el hambre y te hace pedorrear. En la calle todo el mundo es pobre, todo el mundo está en el paro y no deja de llover. Se asaltan los unos a los otros por un mendrugo de pan. Tienes que hacer cola durante una semana sólo para que te digan que no hay ningún trabajo. Nosotros hacemos cola tres veces al día para que nos den nuestra deliciosa comida caliente mínimamente nutritiva, pero en la calle hacen cola durante ocho horas, veinticuatro horas, algunas veces durante toda la vida. ¿Quién quiere salir de un sitio tan bonito como éste y hacer cola bajo la lluvia? Y cuando no están haciendo cola bajo la lluvia se preocupan por la guerra atómica. Algunas veces hacen las dos cosas. Me refiero a que hacen cola bajo la lluvia y se preocupan por la guerra atómica, porque si hay una guerra atómica, los matarán a todos y se encontrarán haciendo cola en las puertas del infierno. Eso no es para nosotros, tíos. En caso de guerra atómica seremos los primeros en ser salvados. Tienen refugios antiatómicos para nosotros, los criminales de todo el mundo. No quieren vernos sueltos en la sociedad. Quiero decir que dejarán que la sociedad se queme antes que dejarnos en libertad, y ésa será nuestra salvación, amigos. Preferirán quemarse antes que tenernos corriendo por las calles, porque todo el mundo sabe que nos comemos a los bebés, nos follamos a las viejas por el culo y pegamos fuego a los hospitales llenos de inválidos indefensos. ¿Quién querría salir de un sitio tan bonito como éste?

—Eh, Farragut, ven aquí y juega a las cartas con el Tapia —dijo el Mudo—. Deja salir a Farragut, Walton. El Tapia quiere jugar a las cartas con Farragut.

—Lo haré si os calláis —dijo Walton—. Tengo que aprobar este examen. ¿Me prometes que os callaréis?

—Lo prometemos —respondió el Mudo.

Se abrió la puerta de la celda y Farragut caminó por el pasillo hasta la celda del Tapia, cargado con su silla. El Tapia sonreía como un idiota, cosa que podría haber sido. El Tapia le pasó la baraja y él comenzó a repartirlas.

—Una para ti y otra para mí.

Después desplegó su mano, pero tantas cartas abultaban mucho y una docena cayeron al suelo. Cuando se agachó para recogerlas oyó una voz, no un susurro, sino una voz normal, puesta a mínimo volumen. Era la oreja de cristal —el audífono de doscientos dólares— sintonizado a una frecuencia de radio. Vio las cuatro pilas en su bolsa, en el suelo, y el orificio de plástico de color carne del que adivinó que salía la voz. Recogió las cartas y comenzó a dejarlas a puñados en la mesa mientras decía:

—Una para ti y otra para mí.

La voz dijo:

—La inscripción para los cursos de español a nivel de conversación y de construcción de armarios estará abierta de cinco a nueve de lunes a viernes en el Instituto de Enseñanza Secundaria Benjamín Franklin, situado en la esquina de Elm y Chestnut.

Luego Farragut oyó música de piano. Era el más deprimente de los preludios de Chopin, aquel preludio que utilizaban en las películas de crímenes antes de efectuar el disparo, aquel preludio que debía evocar a los hombres de su tiempo y de antes la imagen de una niña con trenzas, confinada durante una hora cruel en una habitación siniestra, donde debía emitir el gemido de las olas imponentes y el triste rumor de las hojas caídas.

—Las últimas noticias de El Muro, o la cárcel de Amana —dijo la voz—, es que continúan las negociaciones entre la administración y el comité de presos. Las fuerzas necesarias para recuperar la institución están disponibles, pero se han negado los informes de malestar entre las tropas. Cinco de los rehenes han declarado a la radio y la televisión que están recibiendo comida, atención médica y una adecuada protección bajo el liderazgo de una facción de los Musulmanes Negros. El gobernador ha dejado claro por tercera vez que no tiene las atribuciones para conceder una amnistía. Se ha presentado una petición final para la liberación de los rehenes y los internos darán su respuesta mañana al amanecer. La hora oficial del amanecer está fijada para las seis y veintiocho, pero el pronóstico del tiempo es de cielos nubosos y más lluvia. En cuanto a las noticias locales, un ciclista octogenario llamado Ralph Waldo ganó la prueba ciclista Edad de Oro disputada en la ciudad de Burnt Valley en el día de su octogésimo segundo cumpleaños. Su tiempo fue de una hora y dieciocho minutos. ¡Felicitaciones, Ralph! La señora de Charles Roundtree, de Hunters Bridge, en la región nordeste del Estado, afirma haber visto un objeto volante no identificado a tan corta distancia que la corriente de aire le levantó las faldas mientras tendía la ropa. Permanezcan en esta sintonía para conocer las últimas noticias del incendio en Pappansville, al que han acudido cinco dotaciones de bomberos.

Después otra voz cantó:

El dentífrico Garroway te limpia los dientes,
la suciedad de arriba y la suciedad de abajo.
Las caries detestan al dentífrico Garroway.
El dentífrico Garroway es para ti y tus parientes.

Farragut continuó golpeando las cartas contra la mesa durante otros diez minutos y luego comenzó a gritar:

—Me duele la muela. No quiero jugar más. Me duele la muela.

—Vuelve a la celda, vuelve a la celda —dijo Walton—. Tengo que estudiar.

Farragut cogió la silla y al pasar junto a la celda del Mudo se detuvo y dijo:

—Me duele muchísimo la muela. Es la muela del juicio. Tengo cuarenta y ocho años, y todavía tengo la muela del juicio. Ésta de la izquierda es como un reloj. Comienza a dolerme sobre las nueve y no para hasta el amanecer. Mañana al amanecer sabré si el dolor se ha acabado, si tienen que sacarme la muela o no. Lo sabré al amanecer. Será alrededor de las seis y veintiocho.

—Gracias, miss América —dijo el Mudo.

Farragut caminó tambaleante hasta su celda, se acostó en la cama y se durmió.

Tuvo un sueño que no se parecía en nada al día. Su sueño fue en los colores más vivos, como aquellos tonos anilina que el ojo sólo percibe después de que el espectro ha desaparecido. Farragut está en un crucero, con esa sensación habitual que es una mezcla de libertad, aburrimiento y quemaduras de sol. Nada en la piscina, bebe con la multitud internacional en el bar a mediodía, folla durante la siesta, juega al pádel, al tenis de mesa, entra y sale de la piscina y a las cuatro está de nuevo en el bar. Se ve ágil, atlético y está adquiriendo un tono dorado que se desperdiciará en la oscuridad de los bares y clubes donde irá a comer a su regreso. Así que está ocioso y un poco inquieto con la ociosidad cuando, una tarde después de la siesta, ve acercarse una goleta por la banda de babor. Desde la goleta hacen señales con las banderas, pero él no las entiende. Sí advierte que el crucero ha reducido la velocidad. La ola en la proa se hace cada vez más pequeña hasta que desaparece y la goleta navega en paralelo al inmenso barco.

La goleta ha ido a buscarlo. Baja por la escala hasta la cubierta y, mientras se alejan, él se despide de sus amigos en el crucero: los hombres, las mujeres y los miembros de la orquesta. No sabe quién es el propietario de la goleta ni quién lo recibe a bordo. No recuerda nada, excepto que está en cubierta y mira cómo el crucero reanuda la navegación. Es un crucero enorme y anticuado, con el nombre de una reina, blanco como una novia, con tres chimeneas achaparradas y un pequeño lazo dorado, como un barco de juguete, en la proa. Se desvía bruscamente de curso, vira a babor y avanza a toda máquina hacia una isla cercana, que parece ser una de esas islas atlánticas que sólo tienen palmeras. Embarranca en la playa, cae a estribor y se incendia, y mientras él se aleja ve, de reojo, la pira y la enorme columna de humo. En el instante en que se despierta, la luminosidad de los colores del sueño se ve aplastada por el gris de Falconer.

Farragut se despertó. Miró el reloj y luego la ventana. Eran las seis y veintiocho. Llovía en esa parte del mundo y supuso que también en El Muro. Había sido Pequeñín quien lo había despertado.

—Coge un Lucky en lugar de un caramelo —dijo Pequeñín—. Chesterfield te satisface. Caminaría un kilómetro por un Camel.

Tenía cinco cigarrillos en la mano. Farragut cogió dos. Estaban liados flojos y eran, adivinó, porros. Miró amorosamente a Pequeñín, pero cualquier aprecio o amor que sintiera por el guardia se veía menoscabado por el aspecto macilento de Pequeñín. Tenía los ojos enrojecidos. Las arrugas desde la nariz hasta por debajo de la boca eran como rodadas en un camino de tierra y no quedaba vida o sensibilidad en su semblante. Caminó a trompicones por la galería mientras repetía:

—Coge un Lucky en lugar de un caramelo. Caminaría un kilómetro por un Camel.

Las viejas frases publicitarias de los cigarrillos eran más

viejas que cualquiera de ellos. Todos excepto el Tapia sabían qué eran y qué hacer, y el Mudo ayudó al Tapia.

—Chupa y reténlo en los pulmones.

Farragut encendió el primero, se tragó el humo, lo retuvo en los pulmones y sintió la auténtica, la preciosa amnistía de la droga por todo el cuerpo.

—Caray —exclamó.

—Es mierda de la buena —dijo el Pollo.

Se oían gemidos por toda la galería. Pequeñín chocó contra la esquina de la celda y se golpeó el brazo.

—Todavía hay más —dijo.

Se dejó caer en la silla de acero, escondió la cabeza entre los brazos y comenzó a roncar.

La amnistía que exhaló Farragut formó una nube —una nube gris como las nubes que comenzaban a verse al otro lado de la ventana— y lo levantó suavemente de su camastro anclado a la tierra, lo elevó por encima de todo lo terrenal. El ruido de la lluvia parecía apacible, algo que su belicosa madre, que despachaba gasolina con su capa de la ópera, se había perdido. Entonces oyó el chirrido en la oreja de cristal del Tapia y una incitación somnolienta del Mudo.

—Menéala, menéale, menéales, por todos los santos.

Luego oyó la voz de una mujer, pensó en los efectos intensificadores del cannabis, no era la voz de una mujer o de una vieja, ni tampoco la voz de la belleza o de la fealdad, sino la voz de una mujer que quizá te vendía un paquete de cigarrillos en cualquier lugar del mundo.

—Hola, amigos. Soy Patty Smith, la locutora que reemplaza a Eliot Henderson, que, como quizá no sabéis, se ha visto abrumado por los acontecimientos de la última media hora. Las fuerzas estatales han tomado El Muro. La solicitud de la administración de que se ampliara el plazo fue quemada por el comité de internos a las seis de la mañana. Los internos aceptaron el ruego de ampliar el plazo pero nada más. Al parecer se estaba preparando la ejecución de los rehenes. El ataque con gases comenzó a las seis y ocho minutos, seguido dos minutos más tarde por la orden de disparar. Los disparos duraron seis minutos. Es demasiado pronto para hacer una estimación de los muertos, pero Eliot, mi compañero y último testigo ocular en el patio K, estima que hay por lo menos cincuenta muertos y otros tantos agonizantes. Los soldados han hecho desnudar a los supervivientes. Ahora yacen desnudos en el barro y la lluvia, y vomitan por los efectos del CS-2. Perdonen, damas y caballeros, perdonen. —Lloraba—. Creo que iré a reunirme con Eliot en la enfermería.

—Cántanos una canción, Pollo Número Dos —dijo el Mudo—. Oh, cántanos una canción.

Hubo una espera mientras el Pollo se libraba un poco de los efectos del cannabis, buscaba la guitarra y rasgaba cuatro acordes fuertes. Luego comenzó a cantar. Su voz era aguda, educada en su monotonía, pero monótona y aguda, tenía la aspereza de la bravuconada. Cantó:

Si la única canción que puedo cantar es una canción triste,
no la cantaré.
Si la única canción que puedo cantar es una canción triste,
no la cantaré.
No cantaré de los muertos y los moribundos,
no cantaré de los cuchillos y los disparos,
no cantaré de los rezos y los llantos.
Si la única canción que puedo cantar es una canción triste,
no cantaré nunca más.

Así que ahora estaban de nuevo desnudos o casi, esperando en la cola a que les dieran los nuevos uniformes, y escogían sus lugares delante de unos carteles que decían EXTRAGRANDE, GRANDE, MEDIANO y PEQUEÑO, después de haberse quitado los uniformes grises de la cárcel y arrojarlos en un contenedor. La nueva prenda era de un verde indiferente, apenas, pensó Farragut, un verde nuevo, sin nada que ver con el verde de Trinity y los largos meses de verano, pero un tono por encima del gris de los muertos vivientes. Fue Farragut el único que cantó una estrofa de *Mangas verdes* y sólo el Cornudo sonrió. Si se tenía en cuenta la solemnidad del cambio de color, el escepticismo y el sarcasmo, les hubiese parecido a todos trivial y ruin, porque por ese verdor claro los hombres de Amana habían muerto o habían yacido, vomitando y desnudos, en el fango durante horas. Era un hecho. Después del motín, la disciplina era menos rigurosa y no les controlaban la correspondencia, pero su trabajo continuaba valiendo medio paquete de cigarrillos por día y ese cambio de uniforme era la cosa más grande que habían conseguido por el motín en El Muro. Ninguno de ellos sería tan estúpido para decir «Nuestros hermanos murieron por esto», y casi ninguno de ellos era tan estúpido para no adivinar la incalculable avaricia involucrada en el cambio de vestuario para la población carcelaria a un coste universal y los beneficios de un puñado de hombres que pasarían más tiempo dedicados al submarinismo en las Antillas, a que se la chuparan a bordo de los yates o lo que prefirieran. Había una marcada solemnidad en ese cambio de vestuario.

El cambio de vestuario era parte de una atmósfera de amnistía que se había extendido sobre Falconer después de que aplastaran la rebelión en El Muro. Marshack había colgado de nuevo las plantas con el alambre que Farragut había robado y nadie había encontrado la tecla afilada. Después de la entrega de los nuevos uniformes, se imponían los arreglos. La mayoría de los hombres querían reformarlos para que les quedaran entallados. Pasaron cuatro días antes de que pusieran a la venta hilo verde, y las existencias se acabaron en una hora, pero Bumpo y Tenis, que sabían coser, se hicieron con un carrete y dedicaron una semana a los arreglos.

—Toc, toc —dijo el Cornudo.

Farragut lo invitó a entrar, aunque nunca había sentido el menor deseo de ver a su vecino. Quería oír una voz que no fuese la de la tele, y sentir en su celda la presencia de otro hombre, un compañero. El Cornudo era una solución de compromiso, pero no tenía otra opción. El Cornudo se había hecho reformar el nuevo uniforme y ahora le quedaba tan prieto que debía de dolerle. Los fondillos del pantalón se le clavaban en el culo como el sillín de una bicicleta de carreras, y por delante era obvio que le apretaban los huevos porque Farragut veía su mueca de dolor cada vez que se sentaba. A pesar de su dolor, pensó Farragut sin la menor piedad, no era nada agradable de ver, pero sus pensamientos sobre el Cornudo casi siempre carecían de piedad. Mientras su compañero se sentaba, dispuesto a hablar de nuevo de su esposa, Farragut pensó que el Cornudo tenía un ego hinchable. Parecía, mientras se preparaba para hablar, que lo estaban hinchando con gas. Farragut tenía la ilusión de que ese aumento de tamaño era palpable y de que el Cornudo, al hincharse, haría caer de la mesa el libro de Descartes, empujaría la mesa contra los barrotes, arrancaría el váter y destruiría el camastro donde yacía. Farragut sabía que su relato sería desagradable, pero lo que Farragut no sabía era qué importancia había que dar a los asuntos desagradables. Existían, eran invencibles, pero la luz que arrojaban, pensaba, no era equivalente a la importancia que se les daba. El Cornudo afirmaba tener una valiosa carga de información, pero los hechos que poseía sólo parecían reforzar la ignorancia, la sospecha y la capacidad para la desesperación de Farragut. Adivinaba que todas éstas eran parte de su disposición y quizá necesitaría cultivarlas. La prisa y el optimismo impetuoso podían ser viles, y por eso en su mente no protestó cuando el Cornudo se aclaró la garganta y dijo:

—Si fueses a pedirme mi consejo sobre el matrimonio, te aconsejaría que no prestaras mucha atención al follar. Creo que me casé con ella porque follaba de maravilla; me refiero a que era de mi tamaño, se corría en el momento preciso, y fue fantástico durante unos años. Pero luego, cuando comenzó a follarse a todo el mundo, no sabía qué hacer. No podía pedir consejo en la iglesia y lo único que conseguí de la ley fue que debía divorciarme, pero ¿qué sería de los niños? No querían que me fuera, incluso cuando sabían lo que ella estaba haciendo. Ella incluso lo hablaba conmigo. Cuando me quejé de que estuviese follando con todos, me dio una conferencia sobre que no era una vida fácil. Dijo que chuparse todas las pollas que había por ahí era una manera de vivir muy solitaria y peligrosa. Me dijo que hacía falta coraje. Lo dijo. Me dio toda una conferencia. Dijo que en las películas y en los libros que leía parecía una cosa bonita y fácil, pero que había tenido que enfrentarse a toda clase de problemas. Me habló de la vez que yo estaba de viaje y había ido a un bar-restaurante a cenar con unos amigos. En Dakota del Norte tenemos esas leyes que hacen que comas en un sitio y bebas en otro, y ella había ido al local de la priva en vez de al de papeo. Pero en el bar estaba aquel hombre hermoso, muy hermoso. Ella le echó esa mirada de «¿Hace un polvete?» a través del umbral y él se la devolvió. ¿Sabes a lo que me refiero? ¿El «hace un polvete»?

»Así que me explicó que les dijo a sus amigos, bien alto, que no tomaría postre, que regresaría inmediatamente a su casa vacía y leería un libro. Lo contó para que él la oyera y supiera que no se encontraría con el marido o los hijos. Conocía al camarero y el camarero le daría su dirección. Así que volvió a casa, se puso una bata y entonces llamaron a la puerta y allí estaba él. Así que allí mismo, en el recibidor, él comenzó a besarla y ella le puso la mano en la polla y le bajó los pantalones, allí mismo en el recibidor, y más o menos en ese mismo momento descubrió que si bien era muy hermoso, también era muy sucio. Me dijo que seguramente no se había bañado en un mes. En cuanto lo olió se le pasó el entusiasmo y comenzó a pensar en cómo haría para meterlo en la ducha. Así que él continuó besándola y quitándose la ropa y oliendo cada vez peor y peor, y entonces ella le sugirió que quizá le gustaría darse un baño. Y entonces él se puso muy cabreado y le dijo que buscaba un coño, no una madre, que su madre le decía cuándo necesitaba un baño, que no buscaba putas en los bares para que le dijeran cuándo necesitaba un baño y cuándo tenía que cortarse el pelo y cuándo tenía que cepillarse los dientes. Así que se vistió y se marchó y ella me contó esto para darme un ejemplo que para ser una furcia hacía falta tener mucho coraje.

»Claro que yo también hice algunas cosas mal. Una vez que volví de un viaje la saludé y me fui arriba a cagar, y mientras estaba sentado allí vi que había una pila de revistas de caza y pesca junto al váter. Así que cuando acabé, me subí el pantalón y bajé echando pestes contra ese pescador estreñido que se estaba follando. Grité y grité. Le dije que era tan imbécil que se había ligado a un tío que era incapaz de poner una mosca en la caña o cagar. Le dije que me lo imaginaba sentado allí, con la cara roja, leyendo cómo pescar un astuto lucio en las tormentosas aguas norteñas. Le dije que era eso lo que se merecía, que sólo con mirarla sabía que su destino era que se la follara uno de aquellos gasolineros con acné que pescan en las revistas y son incapaces de cagar. Así que ella lloró y lloró, y al cabo de una hora recordé que me había suscrito a todas esas revistas de caza y pesca, y cuando le dije que lo sentía, a ella no le importó y me sentí como una mierda.

Farragut no dijo nada —casi nunca le decía nada al Cornudo —y el Cornudo se fue a su celda y encendió la radio.

El Mudo pilló la gripe un martes por la mañana y para el miércoles por la tarde la tenían todos menos el Tapia. El Pollo afirmó que era culpa del cerdo que había estado comiendo durante toda la semana. Afirmó que había visto volar una mosca de la carne sobre su plato. Afirmó que había capturado la mosca y ofreció mostrársela a cualquiera que se lo pidiera, pero nadie se lo pidió. Todos rellenaron el formulario para ir a la enfermería, pero Walton o Goldfarb anunció que la enfermería estaba a tope y que no había hora para consultar al médico o al enfermero hasta dentro de diez días. Farragut tenía la gripe y fiebre como todos los demás. El jueves por la mañana les repartieron, en las celdas, una gran dosis de un jarabe calmante, que les garantizó una hora de amnistía de Falconer pero pareció impotente con la gripe. El viernes por la tarde oyeron el siguiente anuncio por los altavoces: «Una vacuna preventiva para el contagio de la gripe, que ha alcanzado proporciones epidémicas en algunas ciudades del nordeste, será administrada a los internos del centro de rehabilitación de las 9.00 a las 18.00 horas. Esperen a que se les llame. La vacunación es obligatoria y no se respetarán los escrúpulos supersticiosos o religiosos.»

—Están intentando utilizarnos como conejillos de Indias —dijo el Pollo—. Nos van a utilizar como conejillos de Indias. Lo sé todo al respecto. Aquí había un hombre que tuvo laringitis. Tenían una nueva medicina para él, una jeringuilla, y lo pincharon dos, tres días y no pudieron sacarlo de aquí para llevarlo a la enfermería hasta que se murió. Después tuvieron al tipo con gonorrea, un caso de gonorrea leve, y le dieron inyecciones y se le hincharon las pelotas, se le hincharon como pelotas de baloncesto, se hincharon e hincharon hasta que no pudo caminar y tuvieron que sacarlo de aquí en una tabla, con esos grandes globos que levantaban la sábana. Y después está aquel otro tipo que le goteaban los huesos, la médula le goteaba de los huesos, cosa que lo debilitaba mucho, así que le dieron unas inyecciones, unas inyecciones experimentales, y el tipo se convirtió en piedra, se convirtió en piedra, ¿no es así, Pequeñín? Pequeñín, cuéntales tú lo del tipo que le goteaban los huesos y se convirtió en piedra.

—Pequeñín no está —dijo Walton—. Pequeñín no viene hasta el sábado.

—Pues Pequeñín os lo dirá cuando venga. Se convirtió en piedra. Era como el cemento; piedra. Pequeñín le grabó las iniciales en el culo. Se convirtió en piedra delante mismo de nuestros ojos. Y los pirados. Si creen que estás pirado, te dan la inyección verde (mejor dicho, amarillo verdoso), y si no funciona, pues te vuelve más loco todavía. Como el tipo aquel que decía que podía tocar el himno nacional con las uñas de los pies (lo hacía todo el día) y entonces le dieron esa inyección experimental. Pues el tipo se arrancó primero un trozo de una oreja (no recuerdo cuál) y luego se metió los dedos en los ojos y se quedó ciego. ¿Pequeñín, no es verdad, no es verdad, Pequeñín, eso de la cosa amarilla verdosa que le dan a los pirados?

—Pequeñín no está aquí —dijo Walton—. No viene hasta el sábado y no tengo paciencia para aguantaros a ninguno de vosotros. Tengo mujer y un bebé en casa, y necesitan esa vacuna y no la puedo conseguir. Os dan una medicina que ni siquiera los millonarios pueden comprar y no hacéis más que protestar.

—Qué coño —exclamó el Pollo—. Acepto todo lo que me den siempre que sea gratis, pero no soy un conejillo de Indias.

Les dieron sus vacunas el sábado por la tarde; no en la enfermería sino en el almacén con las ventanillas marcadas EXTRAGRANDE, GRANDE, MEDIO y PEQUEÑO. Quince o veinte hombres del grupo cuyas creencias religiosas les prohibían tomar medicinas estaban acorralados junto al contenedor de la ropa usada y Farragut se preguntó si tenía alguna creencia religiosa por la que pudiera soportar el confinamiento. Estaba su dependencia espiritual y química de las drogas, por la que al parecer había matado a un hombre. Se dio cuenta entonces y sólo entonces de que no le habían dado la metadona durante los tres días del motín y los tres días de la epidemia. No lo comprendía. Uno de los enfermeros que ponían las vacunas era el hombre que le daba la metadona. Cuando Farragut se arremangó y ofreció su brazo a la aguja, preguntó:

—¿Por qué no me están dando mi metadona? Va contra la ley. Está escrito en mi sentencia que tengo derecho a la metadona.

—Eres un imbécil hijoputa —le respondió el enfermero bondadosamente—. Nos preguntábamos cuándo te darías cuenta. Llevas casi un mes con placebos. Estás limpio, amigo mío, estás limpio.

Le aplicó la vacuna y él se estremeció un poco ante este extraño y antinatural dolor y se imaginó la vacuna corriendo por sus venas.

—No puede ser cierto —dijo Farragut—, no puede ser cierto.

—Cuenta los días —contestó el enfermero—, sólo cuenta los días. Lárgate.

Farragut estaba asombrado. Fue hasta la puerta, donde

le esperaba el Pollo. La singular estrechez mental de Farragut fue ilustrada por el hecho de que le molestaba que el Departamento Correccional hubiese tenido éxito donde las tres curas de desintoxicación que le habían costado una pasta habían fracasado. El Departamento Correccional no podía estar en lo cierto. No podía felicitarse a sí mismo por haber vencido su adicción, dado que ni siquiera se había dado cuenta. Entonces una imagen de su familia, de sus odiados orígenes, apareció en su mente. ¿Aquella antigua matriz —aquel viejo en su laúd, aquella mujer que despachaba gasolina vestida con su capa de la ópera, su beato hermano— le había transmitido algún puro, rudimentario y duradero sentido de la perseverancia?

—He tomado una gran decisión —dijo el Pollo y agarró del brazo a Farragut—. He tomado una gran, gran decisión. Voy a vender mi guitarra.

Farragut sólo sintió la insignificancia de la decisión del Pollo a la luz de lo que le acababa de decir; eso, y el hecho de que la mano del Pollo parecía aferrarse con desesperación. El Pollo parecía realmente débil y viejo. Farragut no podía decirle que estaba limpio.

—¿Por qué vendes tu guitarra, Pollo? —preguntó—. ¿Por qué quieres hacer algo así?

—Tienes tres oportunidades —respondió el Pollo.

Farragut tuvo que pasarle un brazo por la cintura para ayudarlo a subir la pendiente del túnel y entrar en la galería.

Reinaba la quietud. La fiebre de Farragut le recordaba la

bendición de las drogas, algo que parecía haber abandonado. Se sentía aletargado. Entonces ocurrió una cosa extraña. Vio, en la puerta abierta de la celda, a un joven con un corte de pelo como de verano y una sotana inmaculada que sostenía una pequeña bandeja con un cáliz de plata y un sagrario.

—Vengo a celebrar la sagrada eucaristía —dijo.

Farragut se levantó de la cama. El desconocido entró en la celda. Farragut advirtió que olía a limpio cuando se le acercó, y le preguntó:

—¿Debo arrodillarme?

—Sí, por favor —contestó el sacerdote. Farragut se arrodilló en el cemento gastado, aquella superficie de alguna vieja carretera. El pensamiento de que ésos pudieran ser los últimos ritos no le desconcertó. No había absolutamente nada en su mente y entró, completamente, en la pavana verbal que le habían enseñado en su juventud.

—Santo, Santo, Santo —entonó con voz clara y varonil—. El cielo y la tierra están llenos de Tu Gloria. Alabado seas, oh, Señor Topoderoso.

Luego de haber sido bendecido con la paz que está más allá de cualquier comprensión, dijo:

—Gracias, padre.

Y el sacerdote respondió:

—Dios te bendiga, hijo mío.

Pero cuando el joven se hubo marchado de la celda y la galería, Farragut comenzó a gritar:

—¿Quién coño era ese tipo, Walton? ¿Quién coño era ese tipo?

—¿A mí qué me preguntas? Algún piadoso —replicó Walton—. Tengo que estudiar.

—Pero ¿cómo entró? Yo no pedí un sacerdote. No hizo esa cosa con nadie más. ¿Por qué la tomó conmigo?

—Este lugar se está yendo al garete —opinó Walton—. No me extraña que haya motines. Dejan entrar a cualquiera. Vendedores. Sartenes. Enciclopedias. Aspiradoras.

—Le escribiré al gobernador —dijo Farragut—. Si nosotros no podemos salir, ¿por qué puede entrar cualquiera? Te sacan una foto, te dan la sagrada eucaristía, te preguntan el apellido de soltera de tu madre.

Aquella noche se despertó de madrugada. Lo despertó el váter. No miró la hora. Desnudo, se acercó a la ventana. Las luces alumbraban el camino de entrada. Un coche familiar con el motor en marcha estaba aparcado delante de la entrada principal. Tenía una baca portaesquís. Luego vio a dos hombres y una mujer que bajaban las escaleras. Los tres calzaban zapatillas deportivas. Cargaban un anticuado féretro de madera con una cruz pintada en la tapa. Estaba construido para acomodar a algún rudimentario concepto de varón bizantino, de hombros anchos y caídos y una base delgada. El contenido debía de pesar muy poco. Lo levantaron sin esfuerzo hasta dejarlo sobre la baca, lo sujetaron y se marcharon. Farragut volvió a la cama y se durmió.

El domingo por la tarde cuando entró de servicio, Pequeñín le llevó a Farragut media docena de tomates y le pidió que se llevara al Pollo a su celda. El viejo necesitaba atención. Pequeñín le explicó que la enfermería estaba llena de camas, que habían puesto camas en la sala de espera, en la oficina de administración, en los pasillos, pero que faltaba sitio. Farragut se comió los tomates y aceptó. Se hizo la cama en la litera de arriba y preparó la cama para el Pollo. Cuando Pequeñín llevaba al Pollo por el pasillo parecía medio dormido y apestaba.

—Lo lavaré antes de acostarlo en las sábanas limpias —dijo Farragut.

—Allá tú —respondió Pequeñín.

—Voy a lavarte —le dijo al Pollo.

—No tienes por qué hacerlo —respondió—, y no voy a poder caminar hasta las duchas.

—Lo sé, lo sé.

Llenó una palangana con agua, buscó una toalla y le quitó la ropa interior.

El famoso tatuaje, en el que había derrochado la fortuna que había hecho en su brillante carrera delictiva, comenzaba bien definido en el cuello, como un suéter bien cortado. Habían desaparecido todos los colores e incluso el azul del diseño primario se había convertido en gris. Qué visión más chillona debía de haber sido. El pecho y la parte superior del abdomen estaban ocupados con el retrato de un caballo llamado *Lucky Bess*. En el brazo izquierdo había una espada, un escudo, una serpiente y el lema «Muerte antes que deshonor». Debajo de esto estaba «Madre», con una corona de flores. En el brazo derecho había una lasciva bailarina, que probablemente se movía cuando él flexionaba el bíceps. Estaba por encima de las cabezas de una multitud que cubría el antebrazo. La mayor parte de la espalda era un extenso paisaje montañoso con el sol naciente, y debajo de esto, en un arco por encima de las nalgas, Farragut leyó, escrito con una torpe y borrosa letra gótica: «Abandonad toda esperanza los que entréis aquí.» Las serpientes nacían en la entrepierna y se enroscaban por las piernas, con los dedos de los pies como dientes. Todo el resto era follaje.

—¿Por qué vendiste tu guitarra, Pollo? —preguntó.

—Por dos cartones de mentolados —respondió el Pollo.

—Pero ¿por qué... por qué?

—La curiosidad mató al gato —dijo el Pollo—. ¿Por qué mataste a tu hermano, Zeke?

El accidente o lo que ellos llamaban asesinato había ocurrido, pensó Farragut, porque cada vez que él recordaba o soñaba con su familia siempre los veía desde el fondo. Siempre estaban saliendo indignados de las salas de conciertos, los teatros, los estadios y los restaurantes, y él, por ser el más pequeño, siempre iba a la cola.

—Si Koussevitzky cree que voy a escuchar esa...

—El árbitro está vendido.

—Este partido es un desastre.

—No me gustó cómo me miraba el camarero.

—El vendedor es un insolente.

Y así suma y sigue. Nunca veían casi nada hasta el final, y así los recordaba, camino, por alguna razón con impermeables mojados, de la salida. Se le había ocurrido que quizá todos sufrían claustrofobia y disfrazaban esa debilidad de indignación moral.

También eran muy generosos, especialmente las damas. Siempre estaban recolectando dinero para comprar unos pollos raquíticos para las personas que vivían en edificios cochambrosos o fundaban escuelas que a menudo acababan en la bancarrota. Farragut suponía que hacían algún bien, pero su magnanimidad siempre le había resultado dolorosamente embarazosa y sabía a ciencia cierta que algunas de las personas que vivían en los edificios cochambrosos no necesitaban para nada sus pollos raquíticos. El único hermano de Farragut, Eben, poseía los dos rasgos familiares. Encontraba impertinentes a la mayoría de los camareros, encargados de barra y dependientes, y quedar con él a comer en algún restaurante casi siempre significaba montar un escándalo. Eben no repartía pollos, pero había informado a Farragut de que los sábados por la mañana les leía a los ciegos de la residencia Twin Brooks. El sábado de marras Farragut y Marcia habían ido al campo, donde vivían Eben y Carrie. Hacía más de un año que los hermanos no se veían. Farragut tenía a su hermano por un plasta e incluso por alguien vulgar. Las vidas de sus dos hijos eran trágicas y a Farragut le dolía el hecho de que Eben afirmara que esas tragedias no eran más que la naturaleza de la vida. Cuando llegaron, Eben se disponía a ir a la residencia y Farragut acompañó a su único hermano.

La residencia Twin Brooks era un complejo de edificios de una sola planta con una vista tan imponente de un río y unas montañas que Farragut se preguntó si esa vastedad consolaría o amargaría a los moribundos. El calor cuando entraron en el lugar era sofocante, y mientras Farragut seguía a su hermano por el vestíbulo advirtió lo muy perfumado que estaba aquel ambiente recalentado. Una detrás de otra olió, con su larga nariz, las imitaciones de las agradables fragancias de la primavera y el verdor. El pino salía de los lavabos. Las salas olían a rosas, claveles, glicinas y limoneros. Pero todo eso era tan escandalosamente artificial que cualquiera podía imaginarse las botellas y botes donde estaban almacenados esos aromas, en las estanterías de algún armario.

Los moribundos —y eso eran— estaban consumidos.

—Su grupo le espera en la Sala Jardín —le dijo un enfermero a Eben. Su pelo negro brillaba, su rostro era cetrino y miró a Farragut con la mirada del marica que era. La habitación en la que entraron seguramente tenía ese nombre porque el mobiliario era de hierro pintado de verde y recordaba a unos jardines. El papel de pared reproducía un paisaje ajardinado. Había ocho personas. Casi todas en sillas de ruedas. Una de ellas se valía de un tacataca. Otra no sólo era ciega, sino que además le habían amputado las piernas a la altura de los muslos. Otra mujer ciega estaba muy maquillada. Sus mejillas resplandecían. Farragut había visto eso antes en otras ancianas y se preguntó si sería una excentricidad de la edad, aunque ella no podía ver lo que estaba haciendo.

—Buenos días, damas y caballeros —dijo Eben—. Éste es mi hermano Zeke. Continuaremos con la lectura de *Romola*, de George Eliot. Capítulo cinco. «La Via de' Bardi, una calle famosa en la historia de Florencia, está en Oltrarno, esa parte de la ciudad que envuelve la margen sur del río. Se extiende desde el Ponte Vecchio hasta la Piazza de' Mozzi, en la cabecera del Ponte alle Grazie; las casas y muros de la derecha dan por detrás a una pendiente un tanto pronunciada que en el siglo xv se conocía como la colina de Bogoli, la famosa cantera de donde la ciudad sacó su pavimento, de una consistencia peligrosamente inestable cuando lo empapa la lluvia…»

Los ciegos no prestaban ninguna atención. La mujer maquillada se quedó dormida y roncaba suavemente, pero roncaba. La amputada se marchó en su silla de ruedas después de un par de páginas. Eben continuó leyendo a aquellos casi muertos, a los amputados, a los ciegos y a los moribundos. Dada la pasión de Farragut por los cielos azules, consideraba a su hermano un ser despreciable; aunque se parecían tanto que los podían tomar por mellizos. A Farragut no le gustaba mirar a su hermano y mantuvo la mirada baja. Eben leyó hasta el final del capítulo y cuando se marchaban Farragut le preguntó por qué había escogido *Romola*.

—Lo escogieron ellos —dijo Eben.

—Pero la pintarrajeada se quedó dormida —señaló Farragut.

—Lo hacen a menudo —replicó Eben—. A estas alturas de la vida no se les culpa de nada. No te ofendas.

En el trayecto de regreso, Farragut se mantuvo lo más apartado posible de su hermano. Marcia les abrió la puerta.

—Oh, lo siento mucho, Eben —dijo—, pero tu esposa está muy alterada. Estábamos hablando de la familia y algo que recordó o algo que dije la hizo llorar.

—Llora constantemente —afirmó Eben—. No le hagas caso. Llora en los desfiles, en los conciertos de rock; el año pasado lloró durante toda la liga de béisbol. No te lo tomes a pecho, no te culpes. Siéntate y te prepararé una copa.

El rostro de Marcia estaba pálido. Farragut sabía que ella veía la tragedia con mucha más claridad que él. En aquel entonces Eben trabajaba como ejecutivo para una fundación benéfica que continuaba con la tradición de distribuir pollos raquíticos. Su matrimonio se podía calificar, si uno era así de superficial, como una extraordinaria colisión sentimental y erótica. Había que considerar las vidas de los dos hijos, y sus vidas parecían arruinadas por los ecos de ese choque matrimonial. El muchacho, el único hijo de Eben, estaba cumpliendo una condena de dos años en una cárcel taller de Cincinnati por haber tomado parte en una manifestación contra alguna guerra. Rachel, la hija, había intentado suicidarse en tres ocasiones. Farragut había olvidado los detalles, pero Marcia sí que los recordaba. La primera vez Rachel había subido al desván con una botella de vodka, veinte pastillas de un somnífero y una de esas bolsas de tintorería que te recuerdan la amenaza de que puedes ahogarte. La habían rescatado por los ladridos de un perro. La segunda vez se había arrojado a las llamas de una barbacoa después de una gran fiesta en Nuevo México y la habían rescatado de nuevo; desfigurada, pero rescatada. Entonces, un mes más tarde, se había volado parte de la cara con una escopeta de calibre dieciséis cargada con un cartucho de calibre nueve. Rescatada una vez más, le escribió a su tío dos muy animosas y apasionadas cartas donde le explicaba su decisión de morir. Éstas habían inspirado en Farragut un amor por el bendito paradigma, por la belleza del sistema, la maravilla de la sociedad organizada. Rachel era una aberración y Farragut la barrería debajo de la alfombra, como parecía haber hecho su padre. La casa de Eben, la cuna de esas tragedias, se distinguía por su tradicional compostura.

La casa era muy antigua y también lo era casi todo el mobiliario. Eben había, muy inconscientemente, reconstruido el entorno de aquello que él llamaba su miserable juventud. La porcelana azul había sido traída de Cantón a bordo de un barco de vela por su bisabuelo y habían aprendido a gatear encima de los jeroglíficos de las alfombras turcas. Marcia y Zeke se sentaron y Eben fue a la cocina para preparar las copas. Su esposa, Carrie, estaba en la cocina, sentada en un taburete y llorando a lágrima viva.

—Me marcho —gimoteó—. Me marcho. No tengo por qué seguir aguantando toda esta mierda.

—Oh, cállate —gritó Eben—. Cállate, cállate. Llevas dejándome todas las semanas o más hasta donde me alcanza la memoria. Comenzaste a dejarme incluso antes de que me pidieras que me casara contigo. ¡Dios mío! A menos que alquiles una nave, no hay un lugar en el condado con espacio suficiente para tu ropa. Eres tan portátil como la producción de *Turandot* de la compañía de ópera del Metropolitan. Sólo sacar toda tu basura de aquí tendría ocupados a los empleados de la mudanza durante semanas. Tienes centenares de vestidos, sombreros, abrigos de piel y zapatos. Tengo que colgar mis prendas en el lavadero. Después tienes el piano, esa biblioteca de mierda de tu abuelo y aquel mastodóntico busto de Homero...

—Me voy —sollozó ella—. Me voy.

—Oh, deja ya de decirlo —gritó Eben—. ¿Cómo se puede esperar que me tome en serio, incluso para discutir, a una mujer que disfruta mintiéndose a sí misma?

Eben cerró la puerta de la cocina y sirvió las copas.

—¿Por qué eres tan cruel? —preguntó Farragut.

—No siempre soy cruel —contestó Eben.

—Creo que lo eres —dijo Marcia.

—He llegado a extremos increíbles para lograr cierto entendimiento —explicó Eben—. Por ejemplo, Carrie quería un televisor en la cocina, así que le compré uno muy bueno. Lo primero que hacía por las mañanas era bajar y ponerse a hablar con el televisor. Cuando duerme se pone uno de esos gorros como de ducha y se pone un montón de cremas rejuvenecedoras en la cara. Así que se sienta por la mañana con el gorro y habla a toda velocidad con el televisor. Contradice las noticias, se ríe con los chistes y mantiene una conversación sobre lo que sea. Cuando salgo para ir al trabajo no me dice adiós; está demasiado ocupada hablando con el televisor. Cuando vuelvo a casa por la tarde algunas veces me dice hola, pero muy pocas. Por lo general está demasiado ocupada en su charla con los hombres de los informativos para prestarme atención. Luego a las seis y media dice: «Te serviré la cena.» Algunas veces es la única frase que obtengo de ella en todo el día, algunas veces en una semana, algunas veces más. Después sirve la comida y se lleva su plato de nuevo a la cocina y cena allí, mientras habla y se ríe con un programa que se llama «Trial and Error». Cuando me acuesto, ella está hablando con alguna película antigua.

»Ahora os contaré lo que hice una vez. Tengo un amigo que se llama Potter. Trabaja en televisión. Algunas veces nos encontramos en el tren para ir a la ciudad. Le pregunté si era difícil participar en «Trial and Error» y dijo que no, que creía poder arreglarlo. Así que me llamó al cabo de unos días y dijo que podrían tenerme en «Trial and Error» al día siguiente. Es un programa en directo y tenía que estar en el estudio a las cinco para el maquillaje y todas esas cosas. Es uno de esos programas donde pagas prendas, y lo que tenías que hacer aquella noche era caminar sobre un tanque de agua en una cuerda floja. Me dieron un traje porque me mojaría y tuve que firmar toda clase de papeles de descargo. Así que me puse el traje y me pasé la primera mitad del programa sin dejar de sonreír a las cámaras. Quiero decir que le sonreía a Carrie. Creí que por una vez quizá estaría viendo mi sonrisa. Luego subí la escalerilla, comencé a caminar por la cuerda floja y me caí. El público no se rió mucho, así que tuvieron que añadir un montón de risas grabadas. Entonces me vestí, regresé a casa y grité: «Eh, eh, ¿me has visto en la tele?» Ella estaba tendida en el sofá de la sala junto al televisor grande. Lloraba. Entonces me dije que quizá me había equivocado, que lloraba porque había hecho el ridículo al caerme en el agua. Ella continuó llorando y gimiendo y le pregunté: «¿Qué pasa, cariño?», y ella me respondió: «¡Han matado a mamá osa, han matado a mamá osa!» Programa erróneo. Me equivoqué de programa, pero no pueden decir que no lo intenté.

Cuando él se levantó para coger las copas movió la cortina de la ventana de donde estaba sentado y Farragut vio que detrás de la cortina había dos botellas de vodka vacías. Eso podía explicar su andar marinero, la voz pastosa y su aire de estúpida compostura. Así que con su esposa llorando en la cocina, su pobre hija loca y su hijo en la cárcel, Farragut preguntó:

—Eben, ¿por qué vives de esta manera?

—Porque me encanta —respondió Eben. Luego se inclinó, levantó la vieja alfombra turca y la besó con su boca húmeda.

—Sé una cosa —gritó Farragut—. No quiero ser tu hermano. No quiero que nadie en la calle, nadie en todo el mundo, diga que me parezco a ti. Prefiero ser un colgado o un adicto antes de que me confundan contigo. Haría cualquier cosa antes que besar una alfombra.

—Bésame el culo —dijo Eben.

—Tienes el fantástico sentido del humor de papá —afirmó Farragut.

—Él quería que te mataran —chilló Eben—. Me juego lo que quieras a que no lo sabías. A mí me quería, pero a ti quería que te mataran. Mamá me lo dijo. Hizo que un médico abortista viniera a casa. Tu propio padre quería que te mataran.

Entonces Farragut golpeó a su hermano con un atizador. La viuda declaró que Farragut había golpeado a su hermano entre dieciocho y veinte veces, pero era una mentirosa, y Farragut consideró que el médico que corroboró esa mentira era despreciable.

Su juicio le pareció una mediocre exhibición de una judicatura decadente. Lo condenaron por drogadicto y delincuente sexual y lo sentenciaron a la cárcel por el asesinato de su hermano.

—Su sentencia sería menor de haber sido un hombre

menos afortunado —dijo el juez—, pero la sociedad ha prodigado y malgastado sus riquezas en usted y ha fracasado absolutamente a la hora de inculcarle esa conciencia que es el sello del ser humano educado y civilizado y un miembro útil de la sociedad.

Marcia no dijo nada en su defensa, aunque le había sonreído mientras estaba en el banquillo, le había sonreído tristemente mientras asentía ante su relato de la terrible humillación de estar casada con un drogadicto que ponía la obtención de su dosis muy por delante del amor por su esposa y su único hijo. Había en el juzgado una vetustez digna de recordar, las cortinas de un aula, la sensación de un agudo aburrimiento que era como las manipulaciones del más despiadado y experto torturador, y si lo último que vería del mundo era el juzgado, no lo lamentaba, aunque, en realidad, se hubiera aferrado a cualquier tabla del suelo, escupidera o banco desvencijado de haber creído que podría salvarlo.

—Me estoy muriendo, Zeke, me estoy muriendo —dijo el Pollo Número Dos—. Siento que me muero, pero no le ha hecho ningún daño a mi cerebro, no le ha hecho ningún daño a mi cerebro, no le ha hecho ningún daño a mi cerebro. —Se durmió.

Farragut permaneció donde estaba. Oyó la música y las voces de las radios y el televisor. Aún quedaba algo de luz

en la ventana. El Pollo Número Dos se despertó bruscamente y dijo:

—Verás, Zeke, no me da miedo morirme. Sé que suena
a mentira y cuando la gente me lo decía, porque ya habían
probado la muerte, que no tenían miedo a la muerte, creía
que hablaban sin clase, sin ninguna clase en absoluto. A mí
me parecía que uno no tenía clase cuando hablaba de esa
manera, era como creer que eres hermoso delante de un espejo, que toda esa mierda de no tener miedo ante la muerte
no tenía ninguna clase. ¿Cómo puedes decir que no te da
miedo abandonar la fiesta cuando es como una fiesta, incluso en la trena? Incluso las salchichas con arroz te saben a
gloria cuando tienes hambre, incluso un barrote de hierro
resulta agradable al tacto, es delicioso dormir. Es una fiesta
incluso cuando estás en la celda de castigo, y ¿quién quiere
marcharse de una fiesta para ir a algo que nadie sabe de qué
va? Si piensas eso, es que no tienes clase. Pero tengo la sensación de haber rondado más de cincuenta y dos años. Sé
que crees que soy más joven. Todo el mundo lo cree, pero
en realidad tengo cincuenta y dos. Sin embargo, mira lo que
pasa contigo, por poner un ejemplo. Nunca has hecho nada
por mí, y después mira lo que pasa con el Cornudo. Me trae
cigarrillos, el periódico, la comida del exterior y me llevo
bien con él, pero no me gusta. Lo que intento decir es que
no lo aprendí todo con la experiencia. No aprendí nada en
absoluto con la experiencia. Tú me gustas y no me gusta el
Cornudo y es así hasta donde lo mires, así que me figuro

que llegué a esta vida con los recuerdos de otra vida y, por tanto, es de suponer que iré a alguna otra parte, y ¿sabes qué, Zeke?, ¿sabes qué? No veo la hora de saber cómo será, no veo la hora. No quiero parecer uno de esos colgados que no tienen clase, uno de esos pirados que van diciendo por ahí que como han probado la muerte no le tienen miedo, ni el más mínimo. Yo tengo clase. Si ahora mismo, ahora mismo, me vinieran a buscar para llevarme ante un pelotón de fusilamiento, iría riendo; no me refiero a una risa amarga o una risa desolada, me refiero a una risa de verdad. Saldría allí y me marcaría unos cuantos pasos y con un poco de suerte se me pondría tiesa, y cuando les dieran la orden de disparar abriría los brazos para que no malgastaran la munición, y así aprovechar al máximo las balas, y cuando cayera lo haría como un hombre muy feliz porque me interesa mucho lo que ocurrirá a continuación. Estoy muy interesado en lo que ocurrirá después.

Aún quedaba un resto de luz en la ventana. En la radio del Mudo sonaba música bailable y al final del pasillo, en el televisor, vio a un grupo de personas que tenían problemas. Un viejo estaba borracho con el pasado. Un joven estaba borracho con el futuro. Había una muchacha que tenía problemas con sus amantes y una vieja que escondía botellas de ginebra en sombrereras, frigoríficos y cajones. Al otro lado de la ventana, por encima de las cabezas y los hombros, Farragut vio las olas que rompían en una playa blanca, las calles de un pueblo y los árboles de un bosque, pero ¿por qué permanecían todos en una misma habitación, discutiendo, cuando podían ir hasta la tienda, ir a merendar al bosque o a nadar en el mar? Eran libres para hacer todo eso. ¿Por qué se quedaban dentro? ¿Por qué no oían que el mar los llamaba, como lo oía Farragut, imaginar la transparencia de la sal mientras se deslizaba por encima de los hermosos cantos rodados? El Pollo Número Dos roncaba muy fuerte o su respiración era gutural o quizá era su estertor.

El instante le pareció misterioso en su pureza. Farragut se sintió perseguido, pero muy por delante de sus perseguidores. Se necesitaba astucia; astucia ya tenía; eso y ternura. Se sentó en la silla, junto a la cama del Pollo Número Dos, y cogió la mano tibia del moribundo en la suya. Le pareció que extraía de la presencia del Pollo Número Dos una profunda sensación de libertad; le pareció que estaba aceptando algo que el Pollo Número Dos le ofrecía amorosamente. Notó cierta molestia en la nalga derecha, se levantó a medias y vio que se había sentado sobre los dientes postizos del Pollo.

—Oh, Pollo —exclamó—, me has mordido el culo.

Su risa fue una risa de la más profunda ternura y luego se echó a llorar. Su llanto era convulso y dejó que siguiera su curso. Luego llamó a Pequeñín, que acudió sin hacer preguntas.

—Llamaré a un médico —dijo.

Después, al ver el brazo desnudo del Pollo con sus densos y borrosos diseños de tatuajes grises, comentó:

—No creo que se gastara dos mil en tatuajes como dijo. Yo diría que unos doscientos. Estranguló a una vieja por los ochenta y dos dólares que tenía en el azucarero.

Se marchó. La luz en la ventana había desaparecido. La música bailable y los problemas en la tele continuaban y continuaban.

Cuando entró el médico llevaba el mismo sombrero que había llevado cuando les había hecho el brazo corto durante el motín. Se lo veía igual de sucio.

—Llama arriba —le dijo a Pequeñín.

—No podemos mover a los fiambres hasta después de las diez —respondió Pequeñín—. Es la ley.

—Pues llama más tarde. No fermentará. No es más que huesos.

Se marcharon y luego entraron Veronica y otro de los enfermeros con algo que parecía un bidón hecho de un metal ligero, que contenía un gran saco marrón. Metieron al Pollo allí y se marcharon. Tanto la televisión como la radio del Mudo daban anuncios y el Mudo apagó la radio, quizá en un gesto de bondad.

Farragut se levantó con dificultad. Se necesitaba astucia; astucia y el coraje de ocupar el lugar que se merecía en su opinión. Abrió la cremallera del saco. El sonido de la cremallera era como un canto llano; un recuerdo de cerrar maletas, neceseres y bolsas de trajes antes de que fuera a coger el avión. Se agachó sobre el saco, con los brazos y los hombros preparados para levantar peso, y descubrió que el Pollo

Número Dos prácticamente no pesaba. Acostó al Pollo en su propia cama y estaba a punto de meterse en el saco mortuorio cuando el azar, un aviso de la fortuna, un recuerdo, lo llevó a coger una hoja de la maquinilla de afeitar antes de meterse en la mortaja encerada y cerrar la cremallera. Se estaba muy apretado, pero el olor de su tumba no era más que el simple olor de la lona; el olor de una tienda.

Los hombres que fueron a buscarlo debían de llevar un calzado con suela de goma porque no los oyó entrar y no supo que estaban allí hasta que sintió que lo levantaban del suelo y se lo llevaban. Su aliento había comenzado a humedecer la tela de la mortaja y había comenzado a dolerle la cabeza. Abrió mucho la boca para respirar, asustado de que pudieran oír el ruido que hacía, y más asustado todavía de que el estúpido animal que llevaba dentro tuviese pánico y comenzara a convulsionarse, a gritar y a pedir que lo dejaran salir. Ahora la tela estaba empapada, cosa que aumentaba el olor de la goma, y tenía el rostro empapado y jadeaba. Luego pasó el pánico y oyó el abrir y cerrar de las dos primeras rejas y sintió que lo transportaban por la bajada del túnel. A él nunca, al menos que él recordara, lo habían llevado. (Su madre, muerta hacía mucho, seguramente lo había llevado de un lugar a otro, pero él no lo recordaba.) La sensación de ser llevado era algo que pertenecía al pasado, a la vista de que le provocaba una increíble sensación de inocencia y pureza. Qué extraño era que te llevaran tan tarde en la vida y hacia no sabía dónde, liberado, al parecer, de su crudeza erótica, de su desprecio fácil y su risa de enfado; no era un hecho, sino una oportunidad, algo como la luz de la tarde en los árboles más altos, del todo inútil y emocionante. Qué extraño era estar vivo y ser mayor, y que te llevaran.

Notó cuando llegaron al suelo nivelado de la base del túnel, cerca de la entrada de los proveedores, y oyó al guardia del puesto número 8 cuando dijo:

—Otro indio que ha mordido el polvo. ¿Qué hacéis con los Sin Parientes Conocidos o Interesados?

—A los SPCI los queman gratis —respondió uno de los que lo llevaban. Farragut oyó cómo se abrían y cerraban los últimos barrotes de la prisión y luego notó el suelo irregular del camino.

—Por lo que más quieras, no lo dejes caer —dijo el primer cargador—. Por lo que más quieras, no lo dejes caer.

—¿Quieres hacer el favor de mirar esa puta luna? —replicó el segundo cargador—. Mira esa puta luna.

Ahora estaban pasando por la entrada principal y bajaban hacia la verja. Sintió que lo bajaban.

—¿Dónde está Charlie? —preguntó el primer cargador.

—Dijo que llegaría tarde —contestó el segundo—. Su suegra tuvo un infarto esta mañana. Iba a venir con su coche, pero su esposa se lo llevó para ir al hospital.

—¿Dónde está el furgón? —preguntó el primer cargador.

—En el taller para que le hagan el cambio de aceite y engrase —le informó el segundo.

—Pues nos ha jodido —exclamó el primero.

—Tranquilo, tranquilo —dijo el segundo—. Estás cobrando horas extraordinarias por no hacer nada. El año pasado, o el anterior, antes de que Pete comprara el salón de belleza, Pete y yo tuvimos que cargar a un tío de ciento cincuenta kilos. Siempre creí que podría levantar setenta y cinco sin problemas, pero tuvimos que descansar unas diez veces para sacar al SPCI de aquí. Estábamos reventados. Tú espera aquí. Iré al edificio principal y llamaré a Charlie para preguntarle dónde está.

—¿Qué coche tiene? —preguntó el primero.

—Uno familiar —dijo el segundo—. No sé de qué año. Creo que de segunda mano. Él mismo le instaló un parachoques nuevo. También tuvo problemas con el delco. Lo llamaré.

—Espera un momento, espera un momento —dijo el primero—. ¿Tienes fuego?

—Sí —contestó el segundo—. En los huevos.

Farragut oyó el roce de la cerilla.

—Gracias —dijo el primero, y oyó el ruido de las pisadas del segundo, que se alejaba.

Estaba fuera de la verja o muy cerca. Las torres de vigilancia no tenían hombres armados a esa hora, pero le preocupaba la luna. Su vida pendía de la luz de la luna y de un coche de segunda mano. Si fallaba el delco y se inundaba el carburador, ellos irían a buscar herramientas y Farragut podría escapar. Entonces oyó otra voz:

—¿Quieres una cerveza?

—¿Tienes? —preguntó el cargador sin mucho entusiasmo, y Farragut los oyó alejarse.

Con los hombros y los brazos, buscó los puntos débiles de la mortaja. La trama de la lona estaba reforzada con goma. La parte de la cabeza era de tela metálica. Sacó la hoja de afeitar del bolsillo y comenzó a cortar, en paralelo a la cremallera. La hoja entraba en la lona, pero lentamente. Necesitaba tiempo, pero no podía rezar para conseguir tiempo, ni para ninguna otra cosa. Se conformaría con la energía sexual, una presencia que sentía como si fuese el principio de alguna escalera. La hoja se le cayó de los dedos, sobre la camisa, y en una aterrorizada, convulsiva y torpe sacudida hizo que la hoja se deslizara en el saco. Luego, mientras la buscaba con desesperación, se cortó los dedos, los pantalones y el muslo. Al tocarse el muslo se empapó de sangre, pero le pareció que le había ocurrido a otra persona. Con la hoja mojada entre los dedos, continuó cortando. En cuanto tuvo las rodillas libres las levantó, escurrió la cabeza y los hombros y salió de su tumba.

Las nubes ocultaban la luz de la luna. En las ventanas de una de las torres de vigilancia vio a dos hombres. Uno de ellos bebía de una lata. Cerca de donde había yacido había una pila de piedras, y mientras calculaba cuántas piedras necesitaría para igualar su peso, llenó el saco con el peso de un hombre para que ellos pudieran echar las piedras al fuego. Cruzó la verja tan tranquilamente y entró en una calle que era estrecha y donde la mayoría de las personas eran pobres y casi todas las casas estaban a oscuras.

Puso un pie delante del otro. De eso se trataba. Las calles estaban brillantemente iluminadas, porque eso ocurría en un momento de la historia en que podías leer la letra pequeña de un misal en cualquier calle donde vivieran pobres. Esa concienzuda luz estaba destinada a ahuyentar a los violadores, ladrones y hombres que asesinaban a viejas de ochenta y dos años. La luz fuerte y la sombra negra que proyectaba no lo alarmaron, ni tampoco lo alarmó pensar en la persecución y la captura, pero sí le asustaba la posibilidad de que alguna histeria de su cerebro pudiera paralizarle las piernas. Puso un pie delante del otro. Tenía un pie bañado en sangre, pero no le importaba. Admiró la uniforme oscuridad de las casas. No había ni una sola luz encendida —ni una sola luz de enfermedad, preocupación o amor—, ni siquiera una de aquellas luces débiles que se dejaban encendidas por los niños o sus temores a la oscuridad. Entonces oyó un piano. No podía ser un niño a esas horas de la noche, porque los dedos parecían rígidos y torpes, así que supuso que sería algún anciano. La música era una pieza de principiante —un sencillo minué o endecha leído de una sucia y manoseada partitura— pero el intérprete era alguien que podía leer música en la oscuridad, porque la casa de donde provenía la música estaba a oscuras.

Las casas daban paso a dos solares donde habían derrumbado los edificios y que ahora eran un vertedero a pesar de los carteles de NO ARROJAR DESPERDICIOS y EN VENTA. Vio una lavadora con tres patas y la carrocería de un coche. Su respuesta a esto fue profunda e intuitiva, como si el vertedero fuese algún recordatorio de su acosado país. Respiró a fondo el aire del vertedero, aunque no era más amargo que el de un fuego extinguido. De haber levantado la cabeza, hubiese visto mucha velocidad y confusión mientras las nubes pasaban apresuradamente por delante de la luna casi llena, tan caótica y velozmente que quizá le hubiesen recordado, con el cambio en su disposición, no unas hordas en fuga sino el avance de unos oficiales y sus tropas, un ejército más rápido que belicoso, un regimiento que llega tarde. Pero no vio nada de lo que estaba pasando en el cielo porque el miedo a caerse lo obligaba a mantener la mirada en la acera, y de todas maneras no había nada que ver que pudiera ser de alguna utilidad.

Luego, más adelante y a la izquierda, vio un rectángulo de luz blanca pura y supo que tenía la fuerza para alcanzarla a pesar de que ahora oía el chapoteo de la sangre en la bota. Era una lavandería. Tres hombres y dos mujeres de varias edades y colores esperaban a que acabara su colada. Las puertas de la mayoría de las lavadoras estaban abiertas como puertas de hornos. Al otro lado estaban los ojos de buey de las secadoras y en dos vio las prendas que daban vueltas y caían, siempre caían, caían descuidadamente, al parecer, como las almas y los ángeles caídos si es que su caída había sido alguna vez descuidada. Permaneció delante de la ventana, un convicto fugado y sucio de sangre, para observar cómo unos extraños esperaban a que estuviesen limpias sus prendas. Una de las mujeres advirtió su presencia y se acercó a la ventana para verlo mejor, pero él comprobó complacido que su aspecto no la alarmó, y cuando ella se aseguró de que no se trataba de un amigo, volvió a ocuparse de su máquina.

En una esquina distante, bajo la luz de una farola, vio a otro hombre. Éste podría ser un agente del Departamento Correccional, se dijo, o dada la buena fortuna que lo había acompañado hasta ahora, un agente del cielo. Por encima del desconocido había un cartel: PARADA DE AUTOBÚS. NO APARCAR. El desconocido olía a whisky, y a sus pies tenía una maleta cubierta con prendas en perchas, una estufa eléctrica con una pantalla dorada con la forma del sol y un casco de motociclista azul cielo. El desconocido era del todo incongruente: el pelo largo, el rostro descuajaringado, el delgado cuerpo descuajaringado y un apestoso aliento.

—Hola—dijo—. Lo que está viendo es a un hombre que ha sido desalojado. Esto no es todo lo que poseo en este mundo. Éste es mi tercer viaje. Me voy con mi hermana hasta que encuentre otro lugar. No encuentras nada a estas horas de la noche. No me desalojan por no haber pagado el alquiler. Tengo dinero. El dinero no es una cosa que me preocupe. Tengo mucho dinero. Me desalojan porque soy un ser humano, ésa es la razón. Hago ruidos como un ser humano, cierro las puertas, a veces toso por las noches. Recibo a amigos de vez en cuando, algunas veces canto, algunas veces silbo, algunas veces hago yoga, y porque soy humano y hago un poco de ruido, un pequeño ruido humano cuando subo y bajo las escaleras, me desalojan. Soy un perturbador de la paz.

—Eso es terrible —dijo Farragut.

—Ha dado justo en el clavo —dijo el desconocido—, ha dado justo en el clavo... Mi casera es una de esas viejas viudas malolientes (son viudas incluso cuando tienen a sus maridos bebiendo cerveza en la cocina), una de esas viejas viudas malolientes que no soportan la vida en cualquier forma, estilo o sabor. Me desalojan porque estoy vivo y sano. Esto no es todo lo que poseo, ni de lejos. Me llevé el televisor en mi primer viaje. Es una belleza. Tiene cuatro años y es en color, pero cuando apareció un poco de nieve y llamé al técnico, me dijo que nunca, nunca lo cambiara por otro nuevo. Dijo que ya no hacían televisores como el mío. Arregló el desperfecto de la nieve y sólo me cobró dos dólares. Dijo que era un placer trabajar en un televisor como el mío. Ahora está en casa de mi hermana. Dios, odio a mi hermana y ella me odia hasta la médula, pero pasaré la noche allí y mañana encontraré un bonito lugar. Hay algunos muy bonitos en el lado sur, lugares con vistas al río. ¿Usted no querría compartir un lugar conmigo si encuentro algo bonito?

—Quizá —respondió Farragut.

—Aquí tiene mi tarjeta. Llámeme si le apetece. Me agrada su aspecto. Estoy seguro de que tiene mucho sentido del humor. De diez a cuatro. Algunas veces llego un poco más tarde, pero no salgo a comer. No me llame a casa de mi hermana. Me odia hasta la médula. Aquí llega nuestro autobús.

El autobús, brillantemente iluminado, tenía el mismo tipo y número de personas —bien podría ser que fuesen las mismas personas— que había visto en la lavandería. Farragut recogió la estufa eléctrica y el casco, y el desconocido lo precedió con la maleta y las prendas.

—Invito yo —dijo volviendo la cabeza y pagó el billete de Farragut. Se sentó en el tercer asiento de la izquierda, junto a la ventanilla, y añadió—: Siéntese aquí, siéntese aquí. —Farragut lo hizo—. Se puede conocer a gente de todo tipo, ¿no cree? Imagínese, dicen que soy una persona desordenada sólo porque canto, silbo y hago un poco de ruido cuando bajo y subo las escaleras por la noche. Imagínese. Eh, está lloviendo —exclamó. Le señaló los regueros blancos en la ventanilla—. Eh, está lloviendo y usted no tiene una gabardina. Pero aquí tengo una gabardina, aquí tengo una gabardina que me parece que le irá bien. Espere un momento. —Sacó una gabardina de entre las prendas—. Tenga, pruébese ésta.

—Necesitará su gabardina —señaló Farragut.

—No, no, pruébesela. Tengo tres gabardinas. Con esto de trasladarme de un sitio a otro continuamente, no pierdo cosas, las acumulo. Tengo una gabardina en casa de mi hermana, otra en el depósito de objetos perdidos de Exeter

House y esta que llevo puesta. Y esta que es la cuarta. Pruébesela.

Farragut metió los brazos en las mangas y se acomodó la prenda sobre los hombros.

—Perfecto, perfecto —exclamó el desconocido—. Le va que ni pintada. ¿Sabe?, parece un millonario con esa gabardina. Tiene todo el aspecto de quien acaba de depositar un millón de dólares en el banco y que ahora sale de allí, muy lentamente, como si fuese a invitar a alguna tía a un restaurante muy caro. Le va perfecta.

—Muchas gracias —dijo Farragut. Se levantó y estrechó la mano del desconocido—. Me bajo en la próxima parada.

—Muy bien —respondió el desconocido—. Tiene mi número de teléfono. Estoy de diez a cuatro, quizá un poco más tarde. No salgo a comer, pero no me llame a casa de mi hermana.

Farragut fue hasta la parte delantera del autobús y se bajó en la siguiente parada. Cuando descendió del autobús y pisó la acera, vio que había perdido el miedo a caerse y todos los demás miedos de la misma naturaleza. Mantuvo la cabeza erguida, la espalda recta, y comenzó a caminar con elegancia. «Alégrate —pensó—, alégrate.»

Apuntes para una teoría del infierno

Por Rodrigo Fresán

PRIMER CÍRCULO. El 14 de marzo de 1977, un escritor agraciaba la portada del semanario *Newsweek*. Dentro, ese escritor aparecía a lo largo de ocho páginas —sin contar las dedicadas a publicidades de algo llamado Climatrol, de estilográficas, de una miniserie sobre Franklin Delano Roosevelt, de calzado para tenis marca Converse y de cigarrillos Moore—, páginas que se repartían entre un ensayo del crítico Walter Clemons y una conversación del héroe con su propia hija. Digo «héroe» porque todo el asunto llevaba el título de *Cheever's Triumph* [El triunfo de Cheever] y porque de lo que allí se trataba no era sólo de celebrar la publicación de una gran y para muchos inesperada novela, sino, también, de la victoria de un hombre que había pasado demasiado tiempo en el infierno y que había vivido —y se había fugado de allí— para contarlo y escribirlo.

SEGUNDO CÍRCULO. Y lo cierto es que pocas veces hubo un libro con un aspecto tan engañosamente inofensivo: poco más de doscientas páginas y portada tipográfica, con letras blancas y plateadas sobre un apacible fondo azul donde se leía *Falconer* y más abajo, *John Cheever*.

Los seguidores del autor —a esto se refería casi de entrada Clemons en su ensayo— habrían anticipado casi por reflejo automático un paisaje de jardines bien cuidados, piscinas de aguas turbulentas, matrimonios en crisis permanente, abundantes martinis y, al final, ese destello casi divino que todo lo redime y que acercaba a esos hombres y a esas mujeres —nadadores compulsivos o amantes despechadas que se suben al tren de las 5.48 con un revólver en sus carteras— a las alturas de dioses confundidos, pero dioses al fin. Y si bien el eco de todo eso latía en los pasillos de *Falconer,* de golpe y sin aviso, el escenario y el personaje eran muy diferentes o, si se prefiere, se nos presentaban bajo encarnaciones extremas. Aquí venía y entraba —Falconer era una prisión y no un barrio residencial— el heroinómano y fratricida Ezekiel Farragut, alguna vez respetado profesor universitario y ahora, y hasta el último día de su vida, un preso condenado a cadena perpetua, número 734-508-32. Y, para que las cosas queden claras desde el principio, apenas llegado a su nuevo «hogar», a Farragut le roban el reloj. Así, Farragut se convierte en un hombre fuera del tiempo, un ser suspendido, una figura invisible, un desaparecido.

Si bien varios relatos de Cheever y su anterior novela —la en su momento injustamente desvalorada y muy adelantada a su época, *Bullet Park* (1969)— ya habían flirteado con la idea de lo criminal y espiado por las grietas de este mundo las flamígeras oscuridades del sótano; todo esto era muy diferente y más duro y fuerte. *Falconer* —cuyo título tentativo fue *The Walls of Light* [Las paredes de luz]— se lanzaba en un clavado sin atenuantes ni anestesia a las profundidades de un infierno íntimo situado en las rocas de un infierno colectivo. Clemons lo decía con las palabras justas: «En *Falconer* se ha roto la red de seguridad que sostiene al ciudadano acomodado y éste descubre que ha caído en un mundo cuya existencia desconocía hasta entonces.»

Sí, como advierte y lee Dante a las puertas de su infierno: «Abandonad toda esperanza quienes entren aquí.»

O algo por el estilo.

TERCER CÍRCULO. Ezekiel Farragut es un hombre que entra en Falconer dejando atrás toda esperanza y John Cheever es un hombre que recupera la esperanza escribiendo *Falconer*. Así, pensar en la novela —por más que el mismo John Cheever soliera despreciar en sus declaraciones la idea de que toda ficción tenía cimientos de no-ficción— como en una suerte de criptoautobiografía. Una especie de memoria en código que se nutre de la apenas clausurada temporada en los infiernos del propio Cheever y de varios episodios de su pasado lejano (1).

(1)   Algunos de ellos fueron la tentativa de abortarlo por parte de sus padres, el intento de asesinato al ser empujado desde una ventana para casi empalarse en una verja (suceso nunca del todo esclarecido que Cheever

La historia de su génesis ha sido ampliamente docu-
mentada porque no sólo es una buena historia sino, también, una historia con dos finales felices: el de su autor y el
de su personaje principal.

Y la historia es ésta:

A principios de los años setenta, Cheever era un escritor laureado —sus dos primeras novelas, protagonizadas
por los Wapshot (2), habían ganado premios importantes
aunque, también, se las había criticado por ligeras y deses-
tructuradas—; pero, al mismo tiempo, era considerado un
peso ligero por la *intelligentsia* de su país. De acuerdo, era el
autor de relatos formidables; pero que se escribían y se pu-
blicaban para las páginas de *The New Yorker* y eran consumidos por el ciudadano opaco y burgués. En los capricho-
sos ránkings, Cheever no estaba a la altura de Philip Roth o
de Bernard Malamud, ni siquiera gozaba del prestigio de su
aventajado discípulo, John Updike, y mucho menos podía
ser comparado con su amigo y colega, Saul Bellow. Todos
los anteriores —según la crítica— se habían arriesgado a
perderse y encontrarse en la persecución de la tan mentada
y tan inasible Gran Novela Americana; y algunos de ellos,
incluso, parecían haberla alcanzado. Y, para colmo, ahora
llegaban todos esos posmodernistas, liderados por Donald

---

vivió y casi no cuenta durante una fiesta en Nueva York, 1951), o el muy
desfavorable retrato de ciertos rasgos de Mary Cheever en la formidable
esposa-bruja Marcia.

(2)   *La familia Wapshot* (Emecé, 2003).

Barthelme y John Barth, que, en muchos casos, no hacían otra cosa que jugar con lo que Cheever —sin considerarse experimental o vanguardista— había venido jugando desde el principio.

Así, la publicación de esa comedia *noire* que es *Bullet Park* a finales de los años sesenta y de los relatos reunidos en *The World of Apples* en 1973 habían significado una suerte de anticlímax: no estaban mal pero —en tiempos en los que la novedad era lo que valía— fueron considerados «más de lo mismo». Cheever —como atestiguan sus desgarradores *journals* (3)— no estaba de acuerdo, pero tampoco estaba muy seguro de sus capacidades. Y entonces optó por el camino más directo hacia las sombras: un rápido tránsito sin frenos hacia la autodestrucción que incluyó vaciar toda botella que se le pusiera a mano y a vaso (monumentales juergas etílicas con Raymond Carver y Frederick Exley en Iowa), adicciones varias a medicamentos de nombres ominosos, brotes psicóticos y alucinatorios, desenfreno sexual (mujeres y hombres, daba lo mismo), estadías en diferentes instituciones sanitarias, problemas laborales (peleas con sus editores en *The New Yorker*) y un par de ataques cardíacos, uno de ellos consecuencia directa de un edema pulmonar. El cuadro de situación no tardó en convertirse en un secreto a voces y, en seguida, en la certeza de que el problema había dejado de ser el que Cheever «no tuviera un

(3)   *Diarios* (Emecé, 2004).

gran libro adentro suyo» sino el que lo próximo y lo único que se leería de Cheever sería su nombre y un par de fechas en una lápida de cementerio (4).

En 1975, Updike (5) tuvo que sustituirlo en sus clases en la Boston University y Cheever ingresó en el Smithers Institute para un programa de desintoxicación total de veintiocho días. No lo pasó nada bien allí dentro (6); pero el 7 de mayo, su esposa, Mary Cheever Winternitz, pasó a buscarlo, se lo llevó de vuelta a casa, en Ossining, y Cheever no volvería a beber hasta su muerte.

CUARTO CÍRCULO. Los que lo vieron entonces —amigos y familiares, su hija Susan Cheever dedica las páginas más emotivas de su *mémoire* titulada *Home Before Darkness*

---

(4)   El muy experimental relato «The President of Argentina» —publicado en *The Atlantic* en abril de 1976 y no incluido en *The stories of John Cheever*— cuenta todo esto —borracheras y alpinismo de estatuas entre otras distracciones— y mucho más a la hora de la caída libre. Dato para obsesivos: la estatua del presidente de Argentina a la que alude y escala Cheever es la de Domingo Faustino Sarmiento.

(5)   Updike recordó haberlo visitado en su piso en Bay State Road y encontrarlo desnudo y, en todas y cada una de las ocasiones en que fue a verlo, espiar de reojo la misma página cada vez más amarillenta en la máquina de escribir donde se describía la entrada «de algo que se llamaba *Falconer*».

(6)   «Pasar de la borrachera total a la sobriedad total es un cambio violento y desgarrador. Este momento, esta hora, es la suma del pasado inmutable y la necesidad de futuro», apunta en sus *Diarios*.

(1984) a esta resurrección— atestiguaron que el escritor pesaba nueve kilos menos, lucía veinte años más joven, fumaba como un carretero (lo dejó en 1979), no paraba de vaciar jarras de té helado y no dejaba de repetir que lo que ahora se proponía era «escribir una oscura y radiante novela sobre el confinamiento».

Y —a razón de siete páginas por día— la escribió.

En la entrevista que le hizo su hija para esa edición de *Newsweek,* Susan Cheever le decía:

> —Recuerdo que cuando ibas por la mitad del libro fue cuando recién supiste que Farragut iba a salir de allí. Nosotros estábamos fuera, tomando el sol en el porche y tú saliste corriendo de casa gritando: «¡Hey! ¡Hey! ¡Se va a escapar! ¡Farragut se va a escapar!» ¿Cómo te sentiste entonces?

John Cheever responde:

> —Me sentí tan feliz como muy pocas veces lo he sido en mi vida. A diferencia de lo que experimenté con mis novelas anteriores —mientras las escribía llegué a enfermarme o a fantasear con la idea del suicidio—, *Falconer* fue un subidón que duró diez meses. Y al llegar la última página, con Farragut bajando del autobús y volviendo a empezar, tuve la certeza de que la confianza en uno mismo equivale a la libertad. Farragut se las iba arreglar, se había liberado de su miedo a caer, todo iría bien.

A lo que años después, en su libro, Susan Cheever agregó:

> La certeza y la seguridad de mi padre como escritor nunca fue más evidente que durante el año en que escribió *Falconer*. Cuando nos leía fragmentos, su voz vibraba con la autoridad y con el placer que sentía en su propia habilidad y en su imaginación; parecía generar una electricidad y un entusiasmo que desbordaba el círculo de oyentes sentados en la biblioteca de nuestra casa de Ossining. Creo que fue entonces cuando supe que el libro sería un *best-seller*, y que mis padres ya nunca tendrían que preocuparse por el dinero, y que él iba a ser famoso de un modo en que nunca lo había sido hasta entonces.

QUINTO CÍRCULO. En 1971, John Cheever había impartido un taller literario a los presos de la cercana prisión de Sing Sing y son muchos los que han querido ver en este hecho el germen de *Falconer*. Pero Cheever siempre lo negó con una firme sonrisa:

> Falconer no es Sing Sing. Me he valido de la cárcel imaginaria de Falconer como metáfora del confinamiento. Es la tercera gran metáfora espacial dentro de mi obra. La primera fue el pueblo de Saint Botholps. La segunda, los barrios residenciales en las afueras, con nombres como Shady Hill y Bullet Park, que no dejan de ser cárceles abiertas. Y la tercera es Falconer... Comencé a escribir

Falconer en Boston, cuando me la pasaba borracho y drogado la mayor parte del tiempo y trepaba a las estatuas en la Commonwealth Avenue para ponerles sombreros y cosas por el estilo. Pero no terminé la novela hasta después de haber vivido experiencias terribles mientras me desenganchaba del alcohol y las pastillas y, finalmente, me sentí feliz de ser libre. Todo eso, obviamente, es parte del libro. Pero tampoco me interesa subrayarlo demasiado, porque no quisiera que fuera leído como una reinterpretación simbólica de Cheever fugándose de un centro de desintoxicación o algo así. Y ya lo dije varias veces: no supe sino hasta el final que Farragut saldría de allí. Probablemente lo intuía a nivel inconsciente, pero no era algo que tuviera claro y predeterminado.

Y en otra entrevista:

La idea del encierro es algo que me preocupa y que siempre me interesó. Es cierto, di clases en Sing Sing por un par de años; así que estoy familiarizado con el ambiente, con el olor y los sonidos; pero ninguna de las personas que conocí allí aparece en el libro. Ya lo dije: la prisión funciona como metáfora absoluta de un confinamiento que todos hemos conocido en elevadores, en las zonas de tránsito de aeropuertos y en desastrosas relaciones sentimentales a las que no les vemos salida o punto de fuga. También tengo perfectamente claro, a partir de experiencias muy fuertes y personales, lo que es dejarse llevar por otro tipo de vida. En realidad, el encierro y la libertad no son sino encarnaciones de lo que entendemos como el Mal y el Bien. Si se lo piensa un poco, de eso tratan todos mis relatos y mis novelas, y espero poder seguir escribiendo sobre la libertad y el encierro hasta el día de mi muerte.

En la intimidad de sus libretas de apuntes, Cheever, con el libro terminado y a punto de salir a la venta, confía y tiembla, y sueña y, por fin, parece en paz consigo mismo y feliz por la tarea cumplida:

Pienso que el trabajo está hecho y que tal vez quiera ser rico y famoso. No me importa. Puedo pasar la guadaña por mis campos y caminar por las calles. Debo examinar el enigma de esta excitación. ¿Por qué el éxito habría de parecer tan extraño? No es cuestión de orgullo ni de arrogancia; sólo me refiero al hecho de haber resuelto la mayoría de mis problemas y haber aprovechado, con toda la inteligencia que poseo, la materia prima. Ocupa el lugar que te corresponde, me digo ante la ventana del cuarto de baño, libre por fin de contentarme con el segundo puesto. No soy mejor que nadie, pero sí mejor de lo que era.

Sexto círculo. Son muchos los que, luego de leer *Falconer*, por fin se convencen de que John Cheever no sólo es mejor de lo que era sino que es mejor que muchos, que está entre los mejores.

Y Cheever parece más que dispuesto a disfrutar a fondo esta refutación del *dictum* de su admirado Francis Scott Fitzgerald: «No hay segundos actos en las vidas norteamericanas.» Todos parecen querer hablar con él y el escritor los recibe encantado. Publica el adelanto de la novela en *Playboy* (*The New Yorker* consideró imposible la impresión en sus páginas de ciertas expresiones obscenas) y el Book of the Month Club lo escogió como su título estrella del mes. Acude a *The Dick Cavett Show* (donde confiesa sin problemas la dificultosa relación con su hermano (7), los

(7)   El tema del fratricidio en *Falconer* merece comentario aparte y en extenso. La cuestión del duelo entre hermanos aparece una y otra vez en la obra de Cheever —en relatos magistrales como «Adiós hermano mío», «The Brothers» o «La cómoda»— pero no es sino hasta *Falconer* cuando el deseo se cumple y el crimen se consuma. Detrás de todo esto late la nunca del todo aclarada y traumática relación de Cheever con su hermano mayor Frederick *Fred* Cheever a quien algunos biógrafos —y, en ocasiones, el mismo John Cheever— señalaron como la primera relación homosexual del escritor. Con el correr de los años, Fred —de quien se pensaba sería el más exitoso de los hermanos— fue fracasando profesional y sentimentalmente hasta caer, también, en un alcoholismo del que nunca salió. Pocos días antes de terminar *Falconer,* Cheever llamó por teléfono a su hermano y le dijo: «Te he asesinado en las páginas de la novela que estoy escribiendo.» Fred —quien

vaivenes de su matrimonio y su alcoholismo), se toma fotos junto a desconocidos que lo paran en la calle y —número 1 en la lista de más vendidos— disfruta de la buena fortuna del libro; porque, la verdad sea dicha, Cheever estaba casi en la ruina y no vienen nada mal los cuarenta mil dólares extra que paga la Paramount por una opción para una película que jamás se filmó pero en la que William Holden hubiera estado formidable.

Pero lo mejor de todo son las buenas reseñas y la admiración (a veces teñida de una indisimulada envidia a la hora de los reparos) de colegas como John Gardner, Joyce Carol Oates, John Hersey, Pico Iyer, Joseph McElroy, Anne Tyler, Geoffrey Wolff, Joan Didion y Saul Bellow —que definió a Cheever como «el más grande de los autotransformadores»— y que no dudan en pronunciarse por escrito o en público sobre el milagro. Y, acaso lo más raro de todo, los críticos se suman a la fiesta (8) y salvo contadas excepciones (están quienes le reprochan a Cheever «las inverosímiles fugas» de Jody y Farragut) celebran *Falconer* como la «más lineal y mejor estructurada de sus novelas» sin que esto haya significado sacrificar «el habitual peso específico de su

---

moriría el 31 de mayo de 1976, a poco menos de un año de la salida del libro— le respondió: «Ah, qué bien, Johnny, qué bien… Lo has intentado tantas veces a lo largo de tanto años…»

(8)   Todo este material se puede consultar en los libros *John Cheever: A Reference Guide* (1981), *Critical Essays on John Cheever* (1982) y *The Critical Response to John Cheever* (1994).

prosa». El título de un artículo de Barbara Amiel en *Macleans* lo dice todo: «*Ahora, tal vez, se ponga de moda considerar seriamente a John Cheever*» (9). En todas y cada una de las publicaciones se expresa sorpresa por el siniestro cambio de coordenadas —el adicto, la prisión, la homosexualidad (10)— pero se celebra la destreza de «uno de los pocos novelistas norteamericanos a los que puede considerarse un verdadero artista» para, con semejante mezcla de ingredientes, conseguir algo «impensablemente feliz y optimista» revestido «de una intensidad casi litúrgica».

A todo esto, Cheever comenta: «Está claro que se trata de mi obra más madura, porque la escribí siendo más viejo de lo que era cuando escribí las anteriores.»

(9) Cabe apuntar que el éxito de *Falconer* será determinante para la edición, al año siguiente, de la todavía más exitosa megaantología de relatos *The Stories of John Cheever*, que ganará el premio Pulitzer y el National Book Critics Circle Award. Emecé publicará este libro en 2006.

(10) En su libro *John Cheever: The Hobgoblin Company of Love* (1983), el ensayista jesuita George W. Hunt relata una anécdota reveladora: «En una reunión alguien le preguntó a Cheever si había recibido algún tipo de reacción adversa por los pasajes homosexuales en *Falconer*, a lo que el autor se limitó a responder: "No hay homosexualidad en *Falconer*." Por lo que su interlocutor, extrañado, se permitió recordarle la relación entre Farragut y Jody. Cheever comentó entonces: "Ah, bueno, pero eso no es homosexualidad."» Hunt comenta entonces que de lo que se trata allí es del misterio del amor y que Jody no es otra cosa que una de las pruebas por las que Farragut debe pasar para vencer su egoísmo y su inmadurez, y así llegar a amar de verdad a otros como hasta entonces se había amado sólo a sí mismo. Tal vez ésta sea la razón por la que *Falconer* y Cheever no figuran en ninguna lista a la hora de armar un posible canon de la literatura gay.

Textos posteriores —menos exaltados pero, también, más justos— han sabido desentenderse de lo «novedoso» de *Falconer*, comprender que no es tan diferente a las novelas anteriores (después de todo está compuesta de varias *set-pieces* que pueden ser disfrutadas como brillantes relatos engarzados a lo largo de la cadena de un collar) y que de lo que se trata aquí no es de cambiar, sino, como advierte Cheever en sus *Diarios*, de ser mejor.

SÉPTIMO CÍRCULO. En el ensayo de Malcolm Cowley —su primer editor en *The New Republic*— «John Cheever: The Novelist Life as a Drama» (1983) (11) se nos advierte de que «un lector común encontrará cabos sueltos, pasajes inverosímiles y un final acaso demasiado abierto... pero no se tarda en comprender que *Falconer* no busca la verosimilitud sino algo más cercano al efecto de una emocionante parábola de resonancias bíblicas. Del mismo modo en que leemos cómo es redimida María Magdalena y Lázaro es revivido, así debe ser leído el triunfo de Ezekiel Farragut».

Mientras que Elizabeth Hardwick en «Cheever, or The Ambiguities» (12) arranca con la frase «*Falconer* es la perturbación» y concluye con un «Cheever cubre aquí sus huellas, pero la escritura se atreve a revelar sus propios horrores».

(11)   Incluido en *The Portable Malcolm Cowley* (1990).
(12)   Publicado primero en *Sight-Readings* (1998) y posteriormente recogido en *American Fictions* (1999).

Los que hayan seguido el curso natural de este libro ya saben de qué trata *Falconer* y cómo está organizado. Estampas que recuerdan un poco a las estaciones del calvario del Mesías y otro poco a los trabajos de Hércules, pasados por el filtro de un Kafka epifánico y espiritual: Ezekiel Farragut llega a prisión condenado por un crimen cometido en un momento de furia tonta y ciega; es confinado junto a un grupo de ladrones y asesinos en el pabellón F de la prisión de nombre Falconer; sufre las inevitables humillaciones iniciáticas; conoce a varios de sus compañeros (algunos de ellos decididamente *freaks*); padece las visitas de su fulminante esposa (13); descubre a Jody y se enamora de él (lo que no le impide añorar otros amores); adopta un gato (y presencia una casi surrealista masacre de felinos); contempla por televisión la historia *gore* de una asesina en serie en busca del hombre perfecto; recuerda a sus padres (quienes nunca desearon su nacimiento) y a su hermano (quien, sospecha, intentó asesinarlo en varias oportunidades); sufre síndrome de abstinencia y es golpeado con una silla; escribe largas cartas en sus sábanas (al gobernador, a un obispo, y a un amor tan intenso como fugaz) con una pluma que esconde en su trasero; contempla a su hijo (tan lejos pero tan cerca) desde una ventana; presencia la fuga de Jody en un helicóptero cargado de religiosos; construye una precaria

(13) John Leonard apuntó con buena puntería que «las mujeres en las ficciones de Cheever siempre deben ser, se supone, tan misteriosas e incomprensibles como Dios».

radio y escucha las noticias de un motín en otra cárcel; participa en una absurda sesión fotográfica navideña; tiene sueños místicos y, finalmente, consigue fugarse del penal siguiendo los mismos pasos que el Conde de Montecristo. Un escape milagroso que tiene tanto de Dante como de Dantés.

Ya fuera —Farragut escucha el sonido de un piano, disfruta del aire libre y de la fragancia de un basurero, mira la luna y las casas a oscuras, contempla a personas de una lavandería— se encuentra con un desconocido de modales angelicales, quien le cuenta que acaba de ser desalojado y que se va a vivir con su hermana, y le ofrece su tarjeta y le dice que lo llame. Después, paga su boleto de autobús y le regala un abrigo. Farragut —fortalecido, seguro de que todo saldrá bien— desciende en la siguiente parada y camina rumbo a su nueva vida.

Un periodista tuvo la audacia o la estupidez de preguntarle a Cheever si no pensaba que Farragut no tardaría en ser apresado y devuelto a su celda en Falconer. Cheever —también fugitivo y por fin libre luego de tantos años en el infierno— respondió: «Estoy absolutamente seguro de que Farragut jamás volverá allí.»

OCTAVO CÍRCULO. Así tenemos el milagro luego del tormento en un tormentoso libro que desborda milagros —pocas novelas más reparadoras y curativas se han escrito— y una cárcel con mucho de catedral, donde Dios se manifiesta de maneras muy diferentes y donde el héroe, en más de un momento, recuerda a aquel estoico George Bailey en *It's a Wonderful Life*, de Frank Capra. Para John Cheever —como para James Stewart en aquella película— el infierno no es un destino de condena sino de superación.

John Gardner —defensor y predicador del evangelio según Cheever y también escritor de «lo mágico» en lo cotidiano— lo precisó con las palabras justas en su ensayo «On Miracle Row»:

> Lo que Cheever nos dice es que el mundo es inexplicablemente malo; pero también nos recuerda que, en raras pero no tan infrecuentes ocasiones, el mundo es también inexplicablemente bueno. Y así, cuando nos cuenta no sólo una fuga inverosímil sino dos, lo que en realidad está haciendo es mostrarnos esa pared que de pronto se derrumba para dejar entrar la luz... Las últimas páginas de la novela son una obra maestra de la prosa poética; no sólo desde un punto de vista estilístico sino, también, porque suenan a algo verdadero. Farragut huye de la prisión y los cínicos protestarán ante semejante prodigio; pero lo cierto es que así son las cosas, nos confía Cheever. Cheever nos señala allí lo que todo el tiempo estamos olvidando: que el gran arte no reside en las triquiñuelas técnicas, en la novedad de un efecto, o en la complejidad filosófica más allá de nuestra comprensión sino, por lo contrario, en la claridad absoluta. En esa rea-

lidad a la que le hemos arrancado la incomodidad de toda cáscara. La razón del porqué Cheever es un gran escritor —más allá de su maestría en la forma, su estilo impecable y su compasión sin sentimentalismos— es que siempre nos está contando la verdad.

NOVENO CÍRCULO Y SALIDA. Y así Farragut sale de allí para entrar aquí y en la última línea —a la hora de terminar comenzando— sólo se dice y se repite, como en un mantra, una sola e inequívoca palabra, una orden única e imposible de desobedecer: «Alégrate.»

Pero, en realidad, es Cheever quien nos lo dice a nosotros. Si él pudo, los demás pueden.

La lectura de *Falconer* —la llave que abre la puerta, el primer paso para dejar atrás tantas cosas— es la mejor manera de empezar.

Alegrémonos.

Barcelona, junio de 2005.